日々野ボタン

# しぶとく走れ、路線バス

文芸社

私はエブリデー時差ボケみたいな人間である。
その実態は全米を転戦するメジャーリーガーではなく、
ビッグビジネスを仕掛けるジェットセッターでもなく、
インターポールの職員でもない。
日本の首都圏の一角を走る路線バスドライバーの妻だ。

## 目次

## その1　駅近に住みたい

### バスとT字路と私

長子である私の小学校入学を機に家族で戸建てに越してきた。小さな庭に面した掃き出し窓を開けたところに座ってアイスを食べている妻子を、大きな駐車場を隔てた道から見た父は「嬉しそうだな」と思ったそうだ。きっと父自身が一番嬉しかったのだろう。ところでその家は駅から遠かった。長じて後、朝は私もバスに乗って駅へ向かうが、その路線では、駅の手前のT字路で曲がりたい車列がドロドロの血液のように滞り、乗りたい便が飛ばされることもあるし、乗れたとしてもいつになったら到着するのか皆目わからない。自宅近くの病院の面会受付が終わればバスも通わず、帰りは一山向こうのバス停から夜道を歩かねばならない。父母のたゆまぬ努力によってあがなわれた、ありがたい家ではあったが、「いつか王子様が」迎えに来てくれそうにない怠惰な私が「いつか駅のそばに」住みたいと熱望したのも無理はないだろう。

熱望しながらもぼんやり過ごしていたら三十路を過ぎた。私が学生の頃、少し帰りが遅くなれば「男と会っていたんじゃないだろうね」と、いわれなき嫌疑をかけるなどしていた母から「仕事もパッとしないし結婚しなさい」というお達しがあった。そんな急に相手が見つかるはずありません。ひ弱に抵抗する私に母は見合いを強制してきた。

母の言う通り、仕事上も行き詰まっていた私は流されるまま結婚してすぐ離婚した。

そのときの私について、父は「人生をぐじゃぐじゃにされたんだから」と言った。お若い方には特に「そんな大袈裟な」と思われるかもしれないが、これはふた昔前の話で、今とは少し世の中の雰囲気が違う。誰か1人が悪かったわけではなく、私の考えが甘かったのも大いにいけなかったのだが、父は私がかわいくて不憫で、そんなふうに言ったのであろう。ただ、これは現在の私が、まったく年齢相応に成長できていないどこかのアラサー女に起きたこととして考察し、まとめた事情であって、当時の私の心境は単にこうだ。

「ガビーン」（顔に縦線）

# 少年K

私の父は太平洋戦争の直前、西日本の某島に農家の次男坊として生まれた。その名を仮にKとする。Kは早くに父親（私の祖父）を亡くしている。幼児期に「餅食べるか？」と訊かれて「うん！」「うんじゃない、はいだ」という会話をしたことが、Kが持つ唯一の、父親と交流した思い出らしい。

幼児Kが少年Kになった頃、Kの母（私の祖母）が子ヤギを家に連れて帰ってきた。「1人で世話できるか？」と訊かれたKは喜び勇んで「うん！」と答え、「一郎」と名付けたヤギに、山で自分が刈ってきたばかりの草を毎日食べさせた。この話を聞いた不精な私は「まとめて刈っておいたものを与えれば、毎日山に行かなくてもよかったんじゃないの？」と尋ねたが、「新鮮な草でないと食べない」と言われた。

ある日、Kが学校から帰ると一郎がいなくなっていた。「ドナドナ」の子牛と同じ場所（市場）へ連れて行かれたようである。

余談だが、私より2つ年上の夫は「ドナドナ」という歌を知らなかった。昭和40年代生まれの児童に必ずしも「ドナドナ」に触れる機会があったわけではないようだ。

本題に戻ると、Ｋは次男なので畑を継ぐ権利がない。電車の運転士に憧れたが、視力基準を満たせなかった。

そんな彼が当初何を目指していたのかは不明だが、中学校を卒業したＫは単身対岸の都市に渡り、まず学費をためるために働いた。お腹がすいたら公園の水道で水をガブ飲みしてしのいだという。

学費がたまると定時制高校に進学。働きながら勉強を続け、対岸の都市の名を冠する大学を出ると同時に数学教師として東日本の高校に着任した。

勤勉なＫ、すなわち我が父は、本人の学業および職業人生においてそれなりの成果を収めたと思われる。そんな人間にも他者の挙動を自らのそれのように制御することはできない。世渡りがつたなすぎて袋小路に迷い込んだ娘の生活のリカバリーを手伝うはめになることもある。

# 不可解な遺伝子

さて、Kの不肖の娘である私はバツイチ無職になったところだ。そうなって初めて私は「自分で稼いで食べていくしかない」と覚悟した（遅い）。遅すぎる覚醒だが、コンタクトレンズの使用にも一人暮らしにもなかなか許可を出さず、大学卒業前に幼なじみ（女性）とのサイパン旅行の計画を話すと大反対し、それでもどうしても行くと私が言うと「何があっても知らないからね」とキレていた母親とのバトルにエネルギーを消耗したことも、伸びやかな成長の阻害要因ではないか（サイパン旅行は敢行した）。臆病な性質の子供にあれもダメこれもダメと言えば、萎縮する一方である。

とはいえ、『お父さんは心配症』（タイトル通りの内容のマンガ）ならぬお母さんは心配症なのだからしょうがない。今に至るまで本当によく（今となっては中老の）だらしない子供の面倒をみてくれていることも事実だ。母は料理も手芸も上手で、今でも私は実家に帰ると母が作った昼食を食べ「人が作った食事は最高」と放言し、母が作って冷凍したひじき煮などを保冷バッグに入れて自宅に持ち帰る。それらのお惣菜が入っていた保存容器の返却さえまともにできないので、母は冷凍保存用のポリ袋を使うようになった。私が小学生の頃、白地に水色の柄が入った貫頭衣《かんとうい》のようなワンピースを縫ってもらって初めて着た日に鉄条網にひっかけて盛大に破いてしまったこともある。遠足のお弁当には、さやえんどうと人参でかたどったお花が咲いていていた。

Kもまめまめしい人で、家にいるときはそのへんに掃除機をかけたり、煮干しが具として残存している味噌汁を作ったり、家の前で愛車を洗ったり、母と一緒に冬支度をしたりしていた。そんな父にも、母の家事負担を軽視して、恨まれていたふしが皆無ではないのだが。

きちんと暮らす両親の子供である私が、なぜこのような仕上がりになってしまったのか、遺伝とは複雑怪奇なものである。

ちなみに父の兄（私の伯父）は「お父さん（K）を看護婦さん（当時の職業名）と結婚させたかった」のだと私は昔母から聞いた。Kと看護婦さんの子供だったら、理系だったかもしれない。それは私ではないけれど。

# 迷走の果てに

得意と言ってもいいかなと思える科目が現代文しかなくて、文系と言うのもはばかられる私は、地域の子供会から就職先まで、組織になじめたためしがなく、バツイチになるまでに4回転職して5つ目の仕事を辞めていた。また履歴書を用意しなくてはならないが、職歴の行数が多くて書くのが大変だ。

気力も食欲も失って、昼間っから親の家の2階で寝ていると、学校帰りの子供たちの、はずんだ声が聞こえてくる。階下で静かに話している両親の声も聞こえる。子供好きの二人は孫の誕生も期待していただろう。

何か始めなくてはと焦り、大枚をはたいてネイルスクールに入学したが、カリキュラムを半分残してやめてしまった。想定よりずっと自分は不器用でセンスがなく、人の身体部位のケアや感じのよいコミュニケーションの技術を身に付けるのは至難の業だとわかった。前払いの料金の返金制度はないので、短いコースに申し込むべきだった。

私の人生この調子では、お金は出ていく一方である。すがる思いで、実家が長年購読しているA新聞をめくって三行広告をチェックしていると、校正者を募集しているプロダクションがあった。

校正というのは、本を印刷する前に内容をチェックするために刷られたもの（ゲラ）や、公開前のウェブコンテンツなどを、原稿と突き合わせたり、それだけ読んだりして誤字・脱字などがあれば指摘する仕事である。事実に反した部分がないか、表現が適切であるかといったことまで検討し、必要に応じて疑問を呈する場合は校閲と呼ばれたりする。私の職歴の3つ目と4つ目は校正者としてのものであった。

脚本が出来上がるまで本読みに入れないように、原稿が書きあげられてゲラが出なければ校正はできない。そういう事情もあって、3つ目の仕事をしていた頃の私は勤務先の顧客である出版社に夕刻出向いて深夜まで作業することも珍しくなかった。郊外の実家と都心の会社の往復にも疲れてしまい、長続きはしなかったのだが、校正自体は嫌いな仕事ではなかった。

A新聞に求人広告を載せていたプロダクションの試験を受けに行ったらライバルが大勢いた。望みの薄さにふてくされて親の家の2階で寝ていると電話が鳴り、某出版社が発行するセレブな雑誌の校正チームに空席があるので面接に来るように言われた。媒体の性質上、（比較的）若い女性が求められていたようである。

地図が読めずにあさっての方向にばく進し、プロダクションの面接の日に遅刻した。凹んだ気持ちが立て直せず、私に割り当ててもらえるかもしれない仕事について説明中の社長から「気が進まないんですか？」と訊かれてしまったが、後日出版社の面接（この日は遅刻はしなかったはずだ）を経て、仕事にありついた。私はプロダクションに登録された校正者として出版社に派遣される形となる。

しばらくは実家から仕事に出ていたが、自活のめどがついた頃、23区の外れに賃貸物件を見つけて「駅近に住む」という悲願を叶えた。駅まで徒歩5分のマンションの一室で、仕事場へのアクセスも良好。近隣の駅を最寄り駅とする友達にも支えられながら、ようやくどうにか自分を立て直して一人暮らしを楽しんでいたところ、東日本大震災が起きた。

# その２　結婚したい

## 椅子に座る

当時、セレブな雑誌の校正のために伺っていた仕事場でも、深夜残業は当たり前だった。一人暮らしを始めてからは家族に負担もかけないし、条件がよかったので深夜の作業の依頼も受け入れていた。その仕事場にいた女性は未婚やバツイチであることが多かったため、自分が独身であることを深く考えずに済んでいた。

ところがセレブな雑誌が休刊となり、他社の家庭生活応援雑誌の校正チームに加わってみると既婚女性が多かった。地震の後の心細さも相まって、結婚願望が芽生えたわけである。

若い女性の婚活体験記を読んでいると、「いろいろな人に出会えて楽しかった」「ステキな人たちに同時に求愛され、誰を選ぶか迷ってしまった」といった内容も見受けられる。その人の魅力、コミュニケーション能力の効果でもあろうが、選択肢となる男性が、まだたくさんいたからでもあるだろう。早い者勝ちの要素が大きい課題をクリアしたいなら、可及的速やかにとりかかるに越したことはないのだ。

いかんせん、時は戻せない。しかし未来に目を向けるなら、今日が一番若い日だ。百戦錬磨には程遠いアラフォーバツイチの私は某大手結婚相談所に飛び込み、友達を秋葉原に付き合わせて買ってきたノートパソコンを使って婚活を始めるにあたり、とりあえず神戸に行った。早起きして東京発の新幹線に1人で乗り、初めて降りた新神戸駅を出て右往左往の末、ここだと思われる坂を汗を拭き拭きのぼって、山手八番館にたどり着いた。座ると願い事が実り叶うといわれる、サターンの椅子に座りに来たのだ。

山手八番館は北野異人館の一つで、古今東西の美術品も展示されている、明治後期築の洋館。美術品は後でゆっくり見せていただくとして、まずは椅子だ。少し順番を待つと座ることができた。

サターン（ローマ神話の農耕神、サートゥルヌス）の椅子は飴色の一人掛けの椅子で、全体に彫刻が施され、背もたれと座面に赤い張地が使われている。2脚ある。その場にいたどなたかに撮っていただいたのだったか、この椅子に座った証拠となる写真の私は、小さなパフスリーブがついたブラウンのトップス、裾に紺のラインが入った白いスカートというい でたちで、現在より痩せていて毛量が多く表情が硬い。

館内を見学しておいとまし、おしゃれな喫茶店で何かおしゃれなもの（詳細は忘れたがおしゃれでおいしかったことは確か）を食べ、さらに幸運に恵まれることを願って、うろこの家のお庭の猪の鼻もなでた（はず）。

観光地図と首っ引きで坂をくだって三ノ宮駅からJR神戸線に乗る。車内で地元のお嬢さんたちが話す言葉が聞こえるのも楽しい。須磨海浜公園駅で降りたが、さらに乗っていけば明石、姫路、岡山にも行ける。逆方向の電車に乗れば大阪、京都、奈良にも行ける。

須磨海浜公園駅から神戸市立須磨海浜水族園（スマスイ）に至る道すじで、海の生物に触発された人に制作されたとおぼしきカラフルで味のあるオブジェを見た記憶があり、写真もたくさん撮ったはずなのに見当たらず、残念に思っていたのだが、神戸新聞NEXTの過去記事に写真付きで取り上げられているのを今しがた発見して、そうそうこれこれと嬉しくなった。2021年4月のその記事によるとスマスイの再整備に伴い当該オブジェも撤去されてしまうとのことで、新しい水族館の2024年グランドオープンを控えた（この文を書いている）今、もうなくなってしまったろうか。十数年経つといろいろな物事が変容している。

もちろんスマスイに入って体が透け透けで骨が見える魚などを見た。神戸市ホームページのスマスイ生物図鑑（淡水の世界）で復習したところ、ガーやピラルクや肺魚もいたとみられ、訪れた私を楽しませてくれたことは間違いない。この「スマスイ生物図鑑」内の一項目、オオウナギを未見の方はぜひご覧になっていただきたいが、このコンテンツもいつまで見られるのかわからない。

サターンの椅子に座って私が願ったことは、「これから挑戦することに、全力で取り組めますように」。婚活を開始するにあたって選手宣誓のつもりである。スマスイを堪能した後、新幹線で関東に戻った。

## 身のほどを知る

結婚相談所の会員専用サイトで紹介されたり検索したりした結婚相手候補にメッセージを送ったり送られたりすると、やり取りが始まったり始まらなかったりする。

はじめのうちは勘所がつかめず、数回短いメッセージのやり取りをした段階での「写真付きのプロフィールを見たい」という申し出に腰が引けて、「見て気に入らなかったら断ってください」と言わずもがなの返事をして即やり取り終了にされたりした。先方は1千万円近い年収のある、ゴルフが趣味の人だった。彼にしてみれば、まったく釣り合わない相手だが住んでいるエリアが同じだから一応申し込んでみただけだろう。当然の帰結なのだが、システム上、失礼を謝ることもできないのが気になり、結婚相談所の担当カウンセラーにアポをとって会いに行くと、

「あの、お医者さまとの件ね」と言われた。

ゴルフが趣味の人の職業については忘れてしまったが、医師でなかったことは確かだ。私には医師の妻は務まらないと考え、希望する相手の職業から医師は外していたからである。婚活カウンセラーは場合によっては百人単位の婚活者を担当するらしい。相談内容を取り違えるのも無理はない。このときを最後に私の担当カウンセラーに会うことはなかった。

その後も私は婚活の相手方からやり取りを終了されるたびに多大なるショックを受け、暗い目をして這うように仕事場へ行っては不安や後悔に潰かった脳みそにムチ打ってゲラを読んだり、虚脱状態に陥って婚活も仕事も休んだり、婚活を再開してもやっぱりうまくいかなかったりするうちに、心身ともに疲弊し激痩せした（私は体重の増減がわりとあるタイプで、不幸な時期には痩せていることが多い）。

事程左様につらくても婚活をやめなかったのは、誰かの心の中の「安否が心配な人リスト」の一番上に載りたい一心から。あの年の3月11日の混乱の中、幸い家族や友達と連絡を取り合えたけれども、私は誰にとっても「安否が心配な人リスト」上の単独1位じゃないと痛感。私にとってそれは寂しいことだった。私が突然いなくなったら、しばらくは半泣きで、とぼとぼと捜し回ってくれる片羽があってほしい。

しかしどうにも婚活がうまくいかないので、相手に希望する年収の設定を（大幅にではなく）改めると、真剣味が感じられるメッセージを受け取ることが増えた。「結婚したら外で働かなくてもいいかも」と、隙あらばラクをしたい女（私）に期待させるほどの年収がある男性たちには、若く有能で魅力的な女性たちからもたくさんの色よいメッセージが届くのだろう。

## 超高層ビルで待ち合わせる

婚活用の自己紹介文を「仲良くなったら一緒に水族館に行きたいです」と書き換えたとこ

ろ、昔ロスカボスでホエールウォッチングを楽しんだという男性が、まんまとメッセージを送ってきた。写真付きプロフィールの交換は私のほうから持ちかけた。ほどなく池袋のサンシャインシティで会うことになった。

噴水広場でフラを見ているのがその人らしい。斜め後方からしばし観察するが、プロフィール写真より少しくたびれているようだ。写真の彼は実物よりやや若く、スーツを着込んで髪を整え、カメラマンの指示に従ってウエストをツイストしていた。今日は二重襟のポロシャツにチノパンを合わせている。

彼はサンシャイン水族館の屋外エリアで、夕方アシカが空中の道を通って移動するところを見たかったのだが、私がゆっくり化粧を直しているのをトイレの近くで待っていたら見逃してしまった。

夜景を見ながら中華をごちそうになり、ちょうどお盆休みに入る頃だったので、八景島シーパラダイスにも一緒に行く約束をした。

横浜デートの日、彼は愛車を駆って四ツ谷駅付近まで、はるばる迎えに来てくれた。最低地上高が高い白熊みたいな車で、ＳＵＶになじみのなかった私は助手席によじ登るのに苦労した。

快調に首都高を飛ばしていたら神奈川県警に呼び止められた。路肩にとめた白態に私を残して彼は車を降り、覆面パトカーの車内で注意を受け切符を切られた。周りの車の流れに乗って走行していたのだが、スピード違反になってしまったようだ。経済的ダメージを受けた上、長年保持したゴールド免許が次回はブルー免許になってしまう。戻ってきた彼に飴をあげようとしたが断られた。

ジンベエザメやシロイルカにもまみえ、楽しい夏を過ごして秋を迎える頃、双方年齢的には十二分に大人だし、車で遠出するたび、私を自宅に送った彼の帰宅が夜中になるのも大変なので、二人は結婚することにした。

私のプロフィールについて思うところはあったはずだが、彼のおうちの方が結婚に反対しているという話は聞かなかった。ご挨拶に伺ってお茶とモンブランをごちそうになった。渋ったのは私の母である。彼女はこう言った。

「お友達として1年くらい付き合ってみたら?」

この期に及んでどの口が何をおっしゃっているんで、という話だ。てっきり喜んでもらえると考えていた我がフィアンセは、私の母の反応がよろしくないと聞いてがっかりしていた。

「会うだけ会ってみればいいだろう」という前期高齢者Kのとりなしで、何とか4人で外食する機会が持てた。会食は穏便に終了し、帰り際に母は「真面目そうな人、うちのお父さんみたいにとぼけたところがあっていいね」と私に言った。会食の舞台となった和食のお店は数年前に閉店してしまったが、あの日のおいしいお膳のおかげもあって親と絶縁せずに済んだ。

## その3　旅行したい

### 結婚は生活だ！

婚約者の仕事の都合で新居は郊外に決まった。私が住んでいた部屋を引き払うにあたり一つ懸念事項があった。冬場にうっかり電気ストーブを近づけて、あっという間にユニットバスの扉の一部を溶かしてしまったのだ。

不動産会社の方の指示通りに鍵をポストに入れて退去したら、案の定電話がかかってきて修理費用として4万円請求された。返却されないと契約時に言われた敷金が6万円だったので、それでまかなっていただけませんかと言ったら2万円になった。今考えると資材の代金だけでなく人件費も発生しただろうから、私はモンスター客だったかもしれない。

その経緯により「暴れん坊」と名付けられたストーブは今も我が家にあって、冬になると人や物に距離を置かれながら、周辺を情熱的に暖めている。

結婚相談所に成婚の挨拶に行くと記念品がもらえるというので、二人で彼の担当カウンセラーに会いに行くことにした。それについても私には懸念事項が一つ。私が相手に希望する年収の設定を改めたことをカウンセラーから聞かされたら、彼はショックを受けるのではないか。それよりは自分から話しておいたほうがよいのではと考えてそうした。もちろん杞憂だった。よかれと思って、この上なく無益な情報を彼に与えてしまった。

二人が一緒に暮らすようになって初めてのケンカの原因は、私が新居に持ち込んだ引っ越し用の段ボール箱を開けずに放置していたことだ。「私だって忙しいんだよ!!」と言い放ち殺気立つ私の上目遣いに、彼は震え上がった。

私だって雑誌に載っているようなキレイな部屋でおしゃれな暮らしがしたい。でも、できないのだ。引っ越し荷物を今住んでいる部屋に運び込んでから今日まで、建物や設備の管理業者以外の人物を自宅に招き入れたことはない。義実家の人々も例外ではない。お義父さんにはこの部屋の賃貸契約の保証人になっていただいたというのに。

私にも言い分はある。刃がこわくて包丁が持てない婚約者は料理以外の家事は分担すると言っていた。空手形だった。洗濯物のしわを伸ばして空気が通るように干してくれと頼んだら、面倒くさいと言って洗濯自体ほとんどやらなくなってしまった。私だって家事は好きでも得意でもないが、誰かが洗わないと明日はく靴下がない。洗濯物は倍ではなくて3倍になったと感じる。彼は大男ではないが、彼の服はやたらと分厚くてかさばるのだ。それらを洗ったり干したりしていると、巨人のめしつかいになったような心地がした。それに私だって仕事を辞めたわけではないのだ。細々とではあるが、まだ校正をしている。

ギスギスすることもあるが、お互い苦労して見つけた相手であるから、関係が決裂することはないように努力している。彼は数年間婚活をしていたが、もう自分は結婚しないだろうと半ば諦めの境地に至り、それなら好きな車に乗ろうと白熊SUVを買ったそうだ。その車が、助手席にも誰か乗せたくなって私を呼び寄せたのかもしれない。

約3か月間、ほぼ毎週末白熊号で結婚式場に通って準備をし、新緑のガーデンチャペルで挙式した。晴れ男Kのおかげか快晴だった。式後の両家会食の席でKが乾杯の挨拶をしたのだが、気がゆるんだのか新郎の名前を「シーメー（飯）」式にひっくり返して呼んだので、Kの妻子は縮み上がった。

# 飛びまわる中年夫婦

若い頃添乗員をしていたこともあり、結婚を決めたときは営業職で出張も多かった夫は、張り切って北海道新婚旅行の計画を立てて宿と飛行機を手配した。私は旭山動物園（かば館はまだ工事中だった）に行きたいとか、おたる水族館（すぐ上のホテルノイシュロス小樽に宿泊したのに、時間の都合で行けなかった!!）で、ゆるいショーが見たいとか希望を伝えて当日ついていくだけである。出発直前に、さっき閉めたスーツケースの鍵を開けて予備の靴を入れてほしいと頼んだら怒られた。

それから数年後には、私は金沢21世紀美術館でスイミング・プールの底を歩いてみたくて、夫は砂浜を車で走れる千里浜《ちりはま》なぎさドライブウェイを走行してみたくて石川県にも行った。のとじま水族館でジンベエザメを撮ったとおぼしき、巨大ナマコのようなものが写った青い写真が残っている。

名称にも「あかり」が入った富山の旅館のロビーの、傾斜がついた天井には、イカ釣り船を思わせる、ロープと木材を使った骨組みにランプがたくさんさがった飾り照明が連なり、風情がある。私はこのご当地風シャンデリアの行列に、午前中の陽を受けてチェックアウトする夫を添えて撮った写真をスマホの待ち受け画面に設定している。

夫はプライベートの旅先にも、仕事用のスマホはもちろん、ノートパソコンや紙の資料がたくさん入った岩のようなかばんを持って行く。空港の出発ロビーでパソコンを開き、我々の席がある飛行機への搭乗が始まってもまだ取引先あてにメールを打っている。これまでのところ飛行機に乗り遅れたことはない。

福井県では夫は宿からレンタカーを1時間ほど運転して恐竜博物館の駐車場で妻を放ち、私が先に入館して恐竜のロボットや骨格などをガン見している間、車中で仕事していた。このような努力が実り、夫の年収は私が婚活当初に設定していた、相手の年収として希望する額に達していた。

あわら温泉でお世話になった旅館のロビーにはペッパーくんがいたので話しかけてみたが、はかばかしいお返事はいただけなかった。めげずに話しかけていると、ご家族連れが寄ってきて、関西弁でペッパーくんに話しかける。こういうとき関東の人は、なんとなく遠巻きにして順番待ちをすることが多い気がするが、関西の人は「みんなで楽しんだらええやん」というスタンスなのかもしれない。もちろん個人差なども大きいだろうけれども。

ここの仲居さんは私が借りた色浴衣の着付けをしてくれて、翌朝出発する我々のレンタカーの見送りにハンカチを振りながら走り出てきてくれた。北陸はすてきなところだ。日数・予算・体力に限りがあり、このときは新潟まで足を延ばせなかったが、西福寺や北方文化博物館にも行ってみたい。佐渡島には若い頃行ったことがあるけれど、当時の私よりも『ワールド イズ ダンシング』（ヤング世阿弥の奮闘が描かれたマンガ）や『阿・吽』（最澄と空海の軌跡が描かれたマンガ）を読んだ今の私のほうが、もっと楽しめるのではないか。

## 並行宇宙の二人

夫も私も旅行は好きだが弾丸ツアーは苦手。一日二日、お互いの休みが重なっても元気があれば白熊号の後継〝車〟で量販店かシネコンに行くくらいで、そうでなければテレビの前でダラダラしている。私は子供の頃から視力が悪かったせいもあり、実家ではテレビを長時間見せてもらえなかった（父はテレビにかじりつく者をテレビ獣人と呼んでいた）。そのためか夫がリビングにいるときは必ずテレビをつけていることに違和感を覚えたが、いつの間にか慣れてしまった。再放送の刑事ドラマが佳境に入る頃うとうとし始めて、結末が見られず残念なことが多い。

初期の「相棒」に登場した米沢さんが事件現場で作業するのを見て、鑑識やりたかったなあと夫がつぶやく。あのふさふさしたやつでファサッ、ファサッと（指紋の採取を）やりたかったそうだ。

また別の日には、近大マグロのニュースかクジラのドキュメンタリーか何かを見ながら、海洋学者になりたかったなあと言う。

若き日の私は学芸員や司書、動物園または水族館の飼育員などに憧れていたので、もしもそれぞれ夢を叶えていたら、我々のなれそめは①鑑識官が事件解決の糸口を求めて訪ねた博物館の学芸員と出会う、もしくは②海洋学者が所用で訪れた水族館の飼育員と出会う、といった形であったかもしれない（藤本ひとみ先生や椙下聖海《すぎしたきよみ》先生の影響が否めない妄想）。

私は小学生時代の学習の成績はそこそこよいほうであったが、中学2年くらいから周りが真剣に勉強し始めると、ずるずる下降していった。「あっ同じー」と言っていた夫ともども、格好いいけど地道な努力や深い知識やガッツが必要不可欠な、スーパー狭き門の職業に就くことは難しかった次第である。夫は文系、私は文系未満だし。

## すごいよ!!おとうさん

夫のカーステレオで聞く音楽にはたいてい私もなじみがある。一緒に暮らし始めた頃には福山雅治さんの「家族になろうよ」、平井堅さんの「POP STAR」、河口恭吾さんの「未来色《ミライロ》プロポーズ」なんかをよくかけていた。今もときどきかけている。平井さんのアルバムの中の一曲「魔法って言っていいかな?」が流れると、夫は〝君の寝言の話〟を〝君のイビキの話〟に替えて一緒に歌っている。

Kが愛唱していたのは「椰子の実」。島崎藤村が書いた詩に、後年旋律がついたものだ。芸術家の作品と人生が、同じ透明感を持っているとは限らない。島の木に実り、波に揺られて遠くの地に流れ着いたヤシの実に、父は自らを重ねたのだろうか。

あるときKがカラオケ練習用のカセットテープのセットを買ってきた。さっそく黒くて四角いラジカセに入れて「北酒場」の特訓開始。♪チャッチャー北ンのォ〜という歌い出しのタイミングが何度やってもつかめない。

そう言う私は小学校の音楽の時間に「もみじ」の合唱をしたあとで、同じパートの子に

「あんた（の調子っぱずれな歌）につられて歌いにくかった」とこぼされた。

Kは「奥飛騨慕情」や「氷雨」も練習していた。両方雨が降っている。「北国の春」も好んで歌っていた。やはり、あの故郷へ帰りたかったとみえる。ちなみに私は1日だけ自分以外の存在になれるなら、「マツケンサンバⅡ」の主役になりたい。

若い頃は悲劇的な歌や映画などを好んでいた私だが、今もそれらを嫌いではないが、加齢とともに「しんどいのは現実だけでたくさんだ」という気持ちが強くなってきた。

幼稚園児時代からみそっかすで、中年期にさしかかるまでに何回「消えてなくなりたい」「私なんかいないほうがいい」と考えたことか。みんなそういう思いをしていると長年信じ込んでいたが、父はリタイア後「死にたいなんて思ったことは一度もない」と言っていた。私の幼なじみ（女性）も私の夫も「学生時代に人間関係で悩んだことなんてない」そうだ。いくつになっても、世界は驚きに満ちている。

アラフィフの私はまだまだ生きていたい。できたらあと30年くらい、この世で見聞を広めたい。『マロニエ王国の七人の騎士』も『3月のライオン』も最後まで読みたいし、おたる水族館にもいつか入館したい。

# その4　死にたくない

## Kとその親族の話

後期高齢者となったKは、私が結婚した頃にはもう体調が悪かったらしい。Kの妻、すなわち我が母は、Kを自宅で数年にわたって介護することになった。何年もまとまった睡眠がとれない、大仕事であった。

母は高校生の頃、自らの父も介護した。この母方の祖父も早世したので、私には生まれたときから祖父がいない。そのため私は大層「おじいちゃん」に憧れており、筒井康隆先生の『わたしのグランパ』や有川ひろ先生（お名前は現在の表記）の『三匹のおっさん』、オノ・ナツメ先生の『GENTE《ジェンテ》』などチャーミングなシニア男性が活躍するお話が大好物である。岸部一徳さんも、水谷豊さんも（そのお嬢さんである、朝ドラ「ブギウギ」主演の趣里さんも！）大好きだ。

そんなわけで、いつかKに孫ができたら「おじいちゃん」を身近に観賞できるなと考えていたのだが、残念ながら実現しなかった。

実家に顔を出した私が自宅に帰るときには、父が電車の駅まで車で送ってくれる。いつだったか車の中で「楽しいときは、すぐ終わっちゃうね」と言っていた。いよいよしんどそうになってきた父に送ってもらった日、坂をのぼって戻っていく父の車が見えなくなるまで見送った。

その年の暮れだったか、夫の車で帰省したとき、バッテリーが上がった自分の車を救援してほしいと言って、父が勝手に夫の車のボンネットを開けたことがあった。夫は運転は好きだが、そういう操作には詳しくないので困惑していた。「お父さん、そういうのはディーラーさんにやってもらって」と言ってその場をおさめたが、後で母に電話すると「夫さんに申し訳ない、謝っておいて」と言う。「夫さんは車を大事にしてるからね」と答えたところ、「お父さんだって車を大事にしてるよ!!」と逆切れされた。

2019年12月上旬、父が入院した。付き添いの母と私は帰り際に「今夜、ご家族に来ていただくことになるかもしれません」と看護師さんから言われたが、結局その晩私たちが呼び出されることはなかった。

父の入院中は、ちょくちょく見舞いに行った。きょうだいは日中忙しかったので、父母と自分だけで病室にいると、その時間は両親を独占できてうれしかった。母は疲れてしょっちゅう居眠りして、戸棚に後頭部をぶつけそうになっていた。父の主治医いわく「もう治療するところがないので」年末に退院の許可が下りた。

「数値が良くなったから退院するの？」と父が私に聞く。良くなるわけがない。「そうだね、血圧とかも少し上がってきたからね」と答えておいた。

父が母に伴われて介護タクシーに乗り、家に帰ってみると、介護保険のサービスを利用して借りていた歩行車（実家では自家用車と呼ばれていた）やサイドテーブルが見当たらない。入院と同時にレンタル契約が解約されたのだ。「まだ使うのに」とKが言うので、「また使うときに借りればいいよ」と応えておいた。そんなに生きていたいなら、なんで調子が悪くなってすぐ病院に行かなかったのさ。病院が怖いのはわかるけど。

この年の晩秋、夫と私の住む賃貸住宅の給湯器の調子がいよいよ怪しくなり、風呂場で水を浴びて震えるわれわれは大家さんに給湯器の交換をお願いしていた。その工事の日、夫は仕事で立ち会えない。母と私が数か月前にニトリで選んだ電動ベッドで寝ている父を案じながら、工事に立ち会った。

実家と自宅の中間地点に公園があって、冬季はイルミネーションが輝いている。病にふす父に会いに行く私の目にも、その光景は美しかった。

この場に今さんざめく人々の胸中にも悲しみはある。私を含めた実家の家族で観光地に出向いて楽しんだ時間もある。いつか私もまた、今は知らない景色の中で笑うこともあるだろう。

ここに書いたことが父の記憶と合致するかどうか、もう確かめるすべはない。囲碁好きの父は『ヒカルの碁』（平成時代に『週刊少年ジャンプ』で連載された囲碁マンガ）を読んでいたから、叶うことなら、『数字であそぼ。』（吉田大学理学部に入学した青年のキャンパスライフなどが描かれたマンガ）も読ませて感想を聞いてみたかった。経済的な問題がなければ、父も大学院に進みたかったのではないだろうか。死んでしまった人は、読み切れないうちに返却させられてしまった本のようだ。

死んだ父に母は涙声で「お母さんに会いな」と言った。

一郎（ヤギ）を市場へ連れて行ったKの母は、まだら認知症のため「Kが寒がっとるじゃろう。布団を送ってやらにゃあ」と発言し、同居している長男（私の伯父）に「Kは東京（圏）で家をこうた（買った）よ。はあ（もう）結婚して子供もおるよ」と言われたそうだ。

彼女の骨を拾いながら、Kはボロボロ涙を落としたという。

父の葬儀の日は快晴。火葬の待ち時間中の会食のあと、私は部屋の奥にある台の上に置いた父の遺影を持ち出すのを忘れそうになった。骨壺は「足腰のしっかりした方」が抱えるようにと葬儀場の係の方に言われた。

## その5　へこたれない

### 生きているといろいろある

旅行できるのも生きていて元気な間だけだ。父のことで夫にも負担をかけたので、その労をねぎらい、久々に遠出して和歌山でパンダを見ようと話していたら、未知のウイルスが蔓延した。

夫は泊まりがけの出張も多い営業職で、各地の牛丼店やラーメン店や長崎ちゃんぽん店やスーパー、コンビニ、ファミレスなどから48％、私から52％くらい食事を提供されていた。夫が使う各種タオルなどの用意もビジネスホテルが32％くらい請け負ってくれていた。この素晴らしい協力体制が、感染拡大防止対策としての夫の在宅勤務により崩れ去ってしまい、私の家事負担率が急上昇した。朝がゆっくりなのはいいが、エンドレス食事の支度のプレッシャーがきつい。もともとインドア派で社交性に乏しい己、自宅にいることは苦にならないと思いきや、そうでもない。「自由に出かけられるけど面倒だから出かけない」のと、「気軽に外に出られない」のはまったく違うことだった。

２０２０年度の初めから私は開店休業状態だったが、夏になって新たな仕事を入れてもらった。勤務地には電車と都バスを乗り継いで通うことになる。都心からは少々遠いが、駅の近くにわれわれ夫婦は住んでいる。私にとって実に十数年ぶりのバス通勤だ。

校正なんかそれこそリモートでできるのではないか、と疑問を持たれる向きもあるかもしれない。もちろんリモートで作業する校正者もあるが、私は自律心が貧弱なので、うちにいると果てしなくゲラではなくマンガを読んでしまうのだ。

わが家も有為転変を免れることあたわず、年度替わりのタイミングで夫が畑違いの部署への異動の内示を受けた。異動先でうまくやっていける気がしないので、会社を辞めてもいいかと、かしこまった様子の夫が私に聞く。そういえば同世代の経理の方（独身）も、同じような経緯で退職したと少し前に夫が話していた。

結婚が決まって間もない頃、彼が所属する部署の先輩方のお招きでご馳走にあずかったことがある。彼が尊敬していると話していた上司の方（彼が悪い女にだまされているのではないかと、心配されていたそうだ）から、「彼は仕事上つらい立場に立たされることもあるので、いつも味方でいてあげてください」とのお言葉を私はいただいた。その教えを墨守するのみだ。

是非に及ばず。私も（浮き草稼業だが）働いているし、しばらくは何とかなるだろう。われわれには喪主となり骨壺を抱いてくれる（かもしれない）子供はいないけれど、養育費の支払い義務もない。

消化試合モードに完全移行した夫は毎日定時に退社して転職先を探し始めたが、これが簡単に見つかるならば誰も苦労はしていない。

彼は運転が好きで、愛車を手放すくらいなら結婚はしないというスタンスであったが、運転自体を仕事にするのは責任が重いので避けたいと言っていた。しかしこのご時世、爪を隠していては就ける仕事がない。彼は路線バスドライバーへの転身を決意した。タクシーでもハイヤーでもトラックでもないわけは、競争や泊まり勤務や大量の荷物の積み下ろしをする自信がなかったからである。

## 小型トラックでGO！

まずはバス会社の入社試験を受けに行く。大型免許を持っていない受験者は小型トラックで試験用のコースを走らされ、のぼり坂の途中でエンストしたりするらしい。健康診断も受けるが、夫は血圧の数値が少し高く出てしまい、何度か測り直してもらったそうだ。

制服を用意するための採寸も済ませたけれども、選考結果が通知されるまで2週間ほどかかるという。夫は居ても立ってもいられず、別の交通会社の説明会に出かけたりしていた。私が使っていた手帳のその週のページには「夫、コンビニの弁当に飽きる」「夫、メンタル弱る」というメモが残っている。

この日以降に結果を通知します、と言われていた日の3日後、バス会社から分厚い定形外郵便物が届いた。分厚いのは良い兆しだ。果たして内定通知であった！　送付された書類に必要事項を記入し、他に必要な書類もそろえて返送する。書類の確認作業を手伝った私も一仕事終えた感があるが、夫はまだバスドライバーとしてのスタートラインにも立っていない。言うなれば、バスドライバーの卵が誕生した瞬間だ。

この年と翌年の6月と7月、わが家は労働力調査の対象となった。この調査における1人分の回答は約１１００人の代表になるということだ。夫の回答は、如実に世相を反映する一例になったのではないだろうか。

## 泥臭く、粘り強く

51歳にしてバスドライバー候補生となった夫（特に珍しい例ではない）は、まずは大型一種免許を取得すべく7月から指定自動車教習所に通い始めた。教習の予約が取れなかった日は、バス会社の営業所の自習室で学科試験に備えて勉強したり、街頭に立って地域イベントの開催に伴うバスのルート変更の案内をしたりする。先輩が営業運転する各路線のバスに乗り、見学もしていた。

7月の終わりに修了検定を受けて合格。「よかったね」と喜ぶ私に、「まだまだここからが大変」と夫。このやりとりが半年余りの間、幾度となく繰り返されることとなる。

今は夫となった人と婚約する前に二人で出かけたとき、子供を持つことについてどう考えているか、白熊号を運転中の彼に聞いてみた。「子供は自然にできたら育てればいい。できなかったら二人で楽しく暮らせばいい」という返答で、私と同じ意見だった。

二人暮らしを始めた頃、41歳になっていた私は麻しん風しん混合ワクチンの接種を受けたり、コーヒーや紅茶を飲まないようにしたり（お酒はもともとあまり飲めない）、葉酸配合のサプリメントを飲んだりしていたが、子供を授かることはなかった。そんな私が受験を控えた人の第一サポーターとして暮らすのは初めてだ。少しは魂のレベルが上がるかもしれない。

バスドライバーになるために夫が奮闘していた頃の私は、その日その日の夫の予定を把握するだけで精一杯で、大型二種免許取得までの道のりに関する知識はおぼろげなものだった。正直なところ今でもよくわからない。当時も頓珍漢であったらしい反応をして夫に呆れられ、詳しい説明を省かれたりしていた（わかっていない人間は、自分がどこをどう勘違いしているのかわからない）。夫が試験対策用に購入した問題集などの内容と、当時の私の手帳に残る謎多きメモを照らし合わせて四苦八苦しながらこの章を書いている。

運転技術の習得もさることながら、机上の勉強も大変そうだ。問題集を開くと数ページにわたり、一円玉大の道路標識のイラストにゴマ粒大の文字で解説をつけたものをまとめた表がある。さらに道路標示の一覧表もある。これらの本（夫は3冊購入した）を最後まで読んだことだけでも私は夫を尊敬している。道路標識・標示以外にも、ルート上の各地点における具体的な注意事項など頭に入れておかなければならないことが大量にある。この頃、NHKの朝ドラ「おかえりモネ」の主人公モネも気象予報士を目指していたので、私たちは仲間のように思って大いに励まされた。今も夫婦で清原果耶さんの活躍をうれしく拝見している。

夫は方向変換にてこずったりしながら、路上教習を受け始めて1週間ほどで卒業検定に合格。翌日、地元の運転免許試験場に赴き、めでたく大型一種免許を取得。さらに同日、大型二種免許の学科試験に合格。あとは技能試験を残すのみである。

このときのレベルで技能試験を受けてもまず受からないので、しばらく大先輩方にご指導いただくこととなる。初心者が運転する、補助ブレーキもついていない大型バスに同乗するのは怖かっただろうなあと先日夫が言っていた。今に至るまで夫を教え導き、支えてくださっている皆様には感謝してもしきれない。

はじめはバス会社の敷地内で、ある程度上達したとみなされると〝教習車〟と大書されたバスで路上に出て訓練を受ける。大先輩から受験の許可をいただき、バス会社の試用期間内に技能試験に合格すればバスドライバーとして正式に採用される道が開ける。

このあたりから夫の勤務時間はかなり不規則になってきた。彼が前の職場で肩たたきを受けて消化試合モードになって以来、わりとラクに過ごしていた私は、かつての自分の大きな考え違いに気付いた。実家から通勤していた頃、私の帰りが遅いときは先に寝ていてくれれば母に負担はかからないのにと思っていたが、まともな夕食も取らずに遅く帰ってきて風呂場で船をこぐ娘を世話せざるを得ない心配症の人間にそれはできない相談だった。夫も「先に休んでいてください」とラインしてくるが、心配星人の血を引く私もそれはできない。私は夜起きているのはあまり苦にならないが、朝早いのはつらかった。今では二人ともほとんどアラーム音を聞くことはない。夫はアラームが鳴る前に起きてしまうし、私は起きた夫の気配で起きてしまう。

ひと月半ほど訓練を受けた夫は初めて技能試験を受けに行き、くだんの運転免許試験場内の鋭角コースで不合格を告げられた。瞬殺である。

この頃なぜか当該試験場における大型二種免許の技能試験日が減らされて、受験機会が大きく制限されることになってしまった。いらないドラマチック要素である。

次の試験日までの3週間も訓練を受け、前日は強化練習をさせていただいた。このたびは鋭角コースを通過したが、方向変換に失敗し、やはり場内を出られなかった。

3回目はさらに1か月後だ。このときも直前特訓をしていただき、ついに場内を通過して路上に出たが、試験に合格することはできなかった。

試用期間のリミットはひと月半後。夫のメンタルはいよいよ追い詰められていた。もろもろ検討の末、せっかくここまで頑張ったのだから、もしも試用期間内に合格できなくても大型二種免許は取っておくことにして、長野の教習所での年明けの合宿教習を予約した。

12月上旬、直前強化指導をしてくださった大先輩の「自信持っていけ！」という激励を胸に、迎えた4度目の技能試験受験の日。コースは夫が得意とする1番コース、試験官は先に受験した仲間たちを合格させてくれたIさんだ。夫は武者震いした。「ここで決めるしかない」と。

その日も私は仕事場で粛々と校正にいそしんでいた。夫からメールがきた。首尾よく技能試験に合格したとの知らせ。近年私が感動したことランキングで、大谷さんがミスタートラウトから三振を奪った場面と順位を争うほどの快挙である。

「グッジョブ」と返信して粛々と校正を続けた。

同じ日に受験したお仲間もみな合格なさったそうで何よりだ。長野の教習所に夫が教習キャンセルの連絡をすると「おめでとうございます、よかったですね！」。感じよく対応してくれた。キャンセル料は安心料である。

大型二種免許の技能試験に並々ならぬプレッシャーを感じ、疲弊していたのは夫だけではないとみえ、合格した後3、4日会社を休んだ人もいたという。すんなり合格する人もあるが、そういう人があっさり会社を去ってしまうこともあるらしい。

最後に取得時講習を受けると、大型自動車第二種免許が取得できる。旅客車運転に関することや、応急救護処置についての講習だが、実施している教習所は限られている。数か所に電話をかけた結果、遠方の教習所での講習の予約が取れた。開始時間が早いので、遅れないよう前乗りしたほうがよいのではと私は勧めた。決して、自分が当日朝寝したいからではない。

夫は結局、当該教習所方面のビジネスホテルに前泊した。翌朝駅前に出てみると、雨のせいかタクシー乗り場には長蛇の列が。あやうし夫。どうする夫。そこへ白馬の騎士ならぬ教習所の送迎バスが現れて事なきを得た。

# 粉瘤とポリープ

バスドライバーへの道は開けたが、「まだまだここからが大変」な状況は続く。お客さまを乗せて安全・安心に運行する技術を身に付けるため、ひよっこバスドライバーはさらなる養成訓練を受ける。

私は一日仕事場にいてもトータル10分くらいしか人と会話しないからか、レギュラーサイズでプリーツタイプのマスクを箱で買って特に不満もなく使っており、夫にも同じものを使わせていた。ときどき夫が「立体マスクってどうかなあ」などと言っていたが、「そうねえ、高いからねえ」と聞き流していた。当時、夫は極力揺れない運転や丁寧な車内アナウンスなどを習得すべく練習していたのだが、プリーツマスクをつけて話すとズレるし声が通りにくいと言う（※個人の感想です）。そこまで言われては放っておけないので、大きめのダイヤモンド型マスクを買ってあげたら喜んでいた。ずいぶん我慢させてしまったようで気の毒なことをした。ちなみにわれわれが同居して以来ずっと夫が家賃と水道光熱費を払ってくれており、食品や日用品は私が購入することが多い。

ある夜、仕事に出ていた夫から「トラブルがあって予定より帰りが遅くなる」とラインが入った。終バスにも間に合わず、寒い夜道を歩いて、沈んだ様子で帰ってきた夫は、運転していたバスのサイドミラーを某所にぶつけて破損してしまったと言う。指導担当の先輩にも迷惑をかけてしまったとうなだれている。独り立ちした直後でなくてまだよかったんじゃないのと慰めた。

数日夫は暗くなっていたが、気を取り直して養成され続けた。一方私は臀裂の上部に生じた巨大な粉瘤らしきものに悩んでいた。尻の溝の起点であった部分がふくれた状態である。粉瘤であれば、皮膚の下に袋状の構造物ができて、いらないものが中に溜まってしまった状態だ。これについては複数のウェブサイトに「自然治癒しない」と書いてあったので、皮膚科に通って処置してもらった。担当してくれた先生は、処置室で「(粉瘤の中身が)すごくきれいに取れた」と喜んでいた。麻酔が切れた後は痛いし、シャワーも浴びられないし(冬だったので助かった)、後日抜糸も必要でバタバタした。この年は確定申告も期限ギリギリに済ませた。令和5年分もそうなる気配が濃厚だ。

激動の2021年度が終わりを迎える頃、ついに夫はワンマンバスドライバーとして地元路線にデビューした。

路線バスドライバーはシフト勤務で、午前3時台に起床する日もあれば、日付が変わってから帰宅することもある。前述のとおり不規則なのだが、社用携帯を持たされていた前職と異なり、オンオフの区別はハッキリしている。重くてかさばる仕事用かばんを旅先にまで担いでいく必要もなくなった。

結婚して数年後にたまたま駅の和式トイレを使用して便に付着した血に気付いた夫は、内視鏡検査に熱心な先生のクリニック（私がインターネットで探した）にかかって以来毎年大腸ポリープを切除されていたが、ここ数年、夫の大腸にはポリープが見つかっていない。継続的な人間関係に起因するストレスがなくなり、お酒は休みの前夜に〝ほろよい〟を1本飲むだけになったからではないか。それにつけても、私はトイレに行ったら毎回どれどれどんなものが出たかなとチェックするが、夫はいちいち見ないと言う。自分からどんなものが出たのか、興味は湧かないのだろうか？

勤務先のバス会社が実施するストレスチェックに対する夫の回答をみると、「家族は頼りになりますか」という設問について、転職直後には「非常に頼りになる」が選択され、家族は全面的に肯定されていた。翌年は「まあ頼りになる」に格下げされていた。

変に緊張するから乗ってくれるなと言われた私は、いまだに夫の運転するバスに乗ったことはないのだが、最後の乗務まで無事に遂行してくれることを祈るのみだ。

# その6　本を書きたい？

## 飛んで火に入る中高年

美術館の学芸員や海獣の飼育員に憧れていたのも事実だが、私が小さい頃からずっと一番なりたかったのは、物語を書く人だ。

若い頃に書いたものを何度かコンクールに応募したこともあるが、結果は芳しくなかった。『詩とメルヘン』に一度だけポエムが採用されたような気がするが、物証がないので記憶違いかもしれない。と書いた後、母から「10年以上置きっ放しのものを片付けにくるように」という指令を受け実家に参上したところ、物証（掲載誌）が見つかった。片付けは遅々として進まず、後日に持ち越された。

私は本当は書く方にまわりたかったんだ、と夫に話したところ「夫のことを書けばいいんじゃない」と言うので、路線バスにまつわる新旧の思い出を書いて自分史コンクールに応募してみた。２０２３年の年始から５か月かけて仕上げた原稿用紙８枚分の文章を送付すると、３か月後にペラリと定形郵便物が届き、私の書いたものは「厳正なる審査の結果、残念ながら入選には至りませんでした」とのこと。

結果発表の日が近づいても梨のつぶてだったから、駄目だったんだろうなと予想はしていたが、がっかりである。

夫に報告すると「夫をもっとかっこよく書かないから落選したんだよ」とのたまう。そのご意見はおくとして、選ばれなかったものは仕方がない。曲がりなりにも書いてみて応募して、受け付けてもらえたことで、ある程度は気が済んだ。ホームページに選考結果が発表されているらしいが、自分の作品は落ちたのだから見る必要ないだろう。次回作執筆の参考になるかもしれない？　私の平凡な人生、自分というテーマで何本も文が書けるようなものではない。

時折噴き上がる泉のような「書く人になりたかった」というゾンビ化した夢も成仏できたかも、と気持ちが落ち着いた12月、同コンクール主催のB社からレターパックが届いた。送ってくれたYさんに連絡してみると「何か他に書いたものはありませんか」とお尋ねになる。書きたい気持ちはあるけどなかなか形にならなくてと言うと、５か月かけて書いた原稿用紙

8枚分の10倍以上の分量を2月末までに書いてごらんとおっしゃる。

ご連絡いただいて以前よりはモチベーションが上がるといっても、猶予は12月半ばから2か月半与えられたといっても、書き上げられるかどうか。うちのバスドライバーの分も（最低限の）家事を受け持つ手際の悪い者にとって年末年始などは休みであって休みでない。それでなくても自分も周りも著しくガタがきており体調管理が困難なことが多く、空き時間のすべてを有効活用することなんてできないのだ。近年の私に関して言えば、ある年末にはもともと問題のある股関節の激しい痛みにより歩行に支障をきたし、横断歩道を青信号のうちに渡りきれないのではないかという恐怖を感じた。天命を知るといわれる50歳の秋には五十肩を発症。少しは原稿も書き進めようと目論んでいたこの年末にはギックリ腰が再発。溜まったテレビ番組の録画でも消化しよう。

年が明ければ浮き草稼業に付き物の確定申告、運転しない（できない）私のゴールド免許の更新にも行かねばならない（夫も私も早生まれ。浮かれて誕生日祝いに高台のレストランのディナーを予約したところ当日は大雪となり、タクシーものぼってくれない雪の積もった急坂を徒歩でのぼったこともある）。原稿のことは10月に言ってほしかった（締め切りは翌年2月のままで。もう少し先でもいい）。

今日も朝から晩まで働きに出る夫に近所のクリーニング店へのおつかいを頼まれた。ちなみにKはYシャツをクリーニングに出すと糊付けされた襟が硬くて首の皮膚が擦れるからイヤだとか、具合が悪くなっても家で過ごしたいとか言って、献身的な妻（ほぼずっと専業主婦）によりほぼその希望が叶えられた幸せな男である。

バリバリに糊がきいたYシャツの襟が大好きで、水筒のお茶も手作り弁当も希望しない夫を私は心の底から愛している。しかしながら、愛する彼のために近所のクリーニング店に行くことすら面倒くさがり散々ゴロゴロしたあげく閉店時間ギリギリに着用済みのバスドライビングシャツが入ったずだ袋を引っつかんで自宅を飛び出すのが私という生き物なのだ。休みの日はなるべく外に出たくない（オンモで楽しい予定がある場合を除く）。

とにかく時間が足りないので私だけ1日50時間にしてほしい。しかし増やした時間を使って書き上げたい散文のネタは、このカオスな生活の中から拾ったものなのだ。人（私）は矛盾に満ちている。

## 人間図書館

私は出かける前や寝る前の、火の元・戸締まり点検にもたいそう時間がかかる。傍らの私に全幅の信頼を置いて（疲れ果てているだけという説もある）テレビのリモコンを握ったまま寝落ちできる夫がうらやましい。

なお、『一橋桐子（76）の犯罪日記』に登場する知子さんのような企てを胸に秘めつつ配偶者の食事を用意する人も実在すると思われるが、夫は疑う様子もなく私が食卓にのせたものを食べている。夫婦というのは摩訶不思議な人間関係だ。

私は「一橋桐子の犯罪日記」というドラマを先に観て、後に原作を読んだ。ドラマについては仲良しの二人を演じられた松坂慶子さんと由紀さおりさんはもちろん、主要人物一人一人がチャーミングで、ラストは映像作品であることの強みを生かしたものだと感じた。原作をお書きになった原田ひ香先生がどうお考えなのかは知る由もないが。

原田ひ香先生、山口恵以子先生ほか諸先生方に、母の図書館という機能を担う私は大変お世話になっている。

父の退職後、暇ができた実家の両親は、某通販カタログに掲載された宮部みゆき先生の

「灰神楽」を読んで怯えていた。宮部先生が書かれたたくさんのお話の中から、あのカタログはなんで「灰神楽」をチョイスしたのだろうか。

A新聞で『うめ婆行状記』の連載が始まると、両親は気に入って、切り抜き帳を作るほどだった。宇江佐真理先生が逝去されて続きが読めなくなり、特に母は落胆しているようだったので、髙田郁先生の『みをつくし料理帖』を3冊目まで貸してあげた。間もなく母から「他に何も入れなくていいから、宅配便で続きをすぐに送ってほしい」とリクエストが。私は「うちの中でエンターテインメントに飢えているのは私だけだ」と思いながら育ってきたが、そうでもなかったのかもしれない。

私は源斉先生派だが、母は小松原さま派。母は父と同じ島の出身で、7歳年上のKが帰省した際にお見合いし、2回目に会った日の翌日に島の神社で挙式した。サイズも確認しなかったのに、Kが用意した24金の指輪は母の指にぴったりだった。24金はやわらかく傷つきやすい。後年その指輪を磨きに出そうとしたが、目減りするのがもったいないからやめたほうがいいと言われたらしい。新婚の二人を乗せたポンポン船の船長さんは、門出を祝う汽笛を鳴らしてくれたそうだ。

母に貸す本はいくらでもあると考えていたが、彼女はあっという間に私の手持ちの本を読んでしまった。今は新刊頼みである。

私が「これは面白いよ」と自信を持って薦めた本が母にはピンとこなかったり、提供冊数を増やすために加えた本が思いのほか気に入られたりする。一度落ち込ませてしまってから、配偶者を亡くした母の心の傷をひっかくような展開のもの（けっこう多い）は外すように気を付けていた。最近は私に新刊を読む余裕がなく、母が読んでいるシリーズの続刊がないときは、惹句《じゃっく》などを読んで大丈夫そうなものを勘で選んでいる。「宵越しの未読本は持たねえ」状態だった子供時代の私が、「おまえは更年期を迎える。そして積ん読する」と予言されていたら「じゃあ1999年の7月に人類は滅亡しないのかも」と思い直して、自分の進路についてもう少し真剣に考えたかもしれない。

## 地震そして棒人間の話

2024年元日の午後、働く夫を送り出して寝正月を決め込んでいたら地震があった。テレビをつけて、しばらく見て消した。

誰もが安心して安全に過ごせますようにと願っている。

同年同月、『セクシー田中さん』を描いていらっしゃった芦原妃名子先生ご逝去の報に接し、驚き悲しむと同時に、人に読んでもらうことを目標に自分や身近な人たちのことを書いて大丈夫なのだろうかという迷いが、自分の中に再浮上してしまった。表現することは恐ろしいことだ。

その直後に仕事のスケジュール変更があって都合がつき、福山雅治さんのライブフィルム「言霊の幸《さき》わう夏」を夫と前後に並んで映画館で鑑賞することができた。プラチナチケットの獲得を図る気力がない人間にとって、このような作品の製作・上映はありがたいはからいだ。

小さな光を使った演出が印象的な、平和の希求が感じられるライブだった。長年のお茶の間ファンにとってもなじみ深い曲も聴くことができた。日本武道館の客席を埋め尽くす人々がみんな自分を見たがっていて、自分の声を、歌を聴きたがっているとしたらどんな気持ちだろう。一緒にステージをつくっている皆さんと福山さんのチームワークも良いものだと思えた。表現することはとてもこわいけれど、表現しなければ何も伝わらない。

終映後にレストルームで手を洗っていると、「あの花が咲く丘で、君とまた出会えたら。」

を上映するシアターの開場がアナウンスされた。はしごする人もいるのかもしれない。私も若い頃は1日に2本くらい平気で観たものだ。

私はドラマの「セクシー田中さん」を楽しく鑑賞していた。俳優さんたちのベリーダンスやダラブッカの演奏にも引き込まれた。時間と本の置き場所とやりくりに余裕ができたら原作も読むつもりだ。夫はドラマのラストに拍子抜けした様子だったが、幼い頃から物語が友達の私に比べてゼラチン少なめの終わり方に慣れてないんだろう。

このことに関連したニュースを追い続ける私に夫は「原作の人は何が嫌だったの」と聞いた。物事へのスタンスは人によってあまりにも温度差が大きいが、「何が嫌だったの」と尋ねてくれるなら、少しその差を埋められる気がする。

スケールもシチュエーションもまったく異なる昔の話だが、私の両親の故郷の島の役所の人が勤務中に着るための、そろいの開襟シャツが作られることになり、その図案が募集されたことがあった。私は母に「あんた描いてみたら」と勧められて、ハイビスカスの代わりにみかんの花を大きく描き、背景に棒人間を散らした絵を送ったらなんと採用された。授賞式は平日だったので母が代わりに帰省して、賞状と副賞のテレビをいただいてきた。

シャツは数パターンの配色で作られた。私が描いた棒人間はいなくなり、みかんの花の絵だけがプリントされていた。この場合はもともと「シャツの図案が募集された」のであって、関係者全員の目的が「シャツを作ること」である。そうであっても元の絵を描いた私としては「棒人間がいないな」と思わないではなかった。そうはいっても選ばれたことは嬉しくて、いただいたシャツも着ていた。

## ひよる中高年

私の書き物について提示された締め切りが近づく2月の下旬になったが、原稿用紙70枚分弱しか書けていないし、内容も人が読むに堪えるものかどうかわからない。そして私が応募した自分史コンクールを主催しているB社は有料で出版を請け負っているところだ。多額の料金を請求されたら困る。仕上がってもいないこの原稿を送るべきか否か、2月の最終週に入っても私は迷っていた。

私は校正をするときもいつも迷う。「正確に解釈できているか?」「こんな疑問を出していいものか?」浅学寡聞にして小心ゆえ常に恐れている。ゲラを納品してしばらく経っても苦情がこなければ、今回は大丈夫だったのかなと少し胸をなでおろす。ただしこの場合も自分がミスをしていないとは限らない。校正者の手を離れたゲラを見た同業者か編集者か著者かＤＴＰオペレーターか誰かが問題に気付いて、事なきを得ることもある。タイトルまわりの大きな文字の間違いなども何人もの目をかいくぐることがあり、校了直前に発見されたり、そのまま印刷されてしまったりする。恐怖だ。

原稿を送るのやめようかなと言うと、「せっかく書いたんだから記念に本にしたら。お父さんの思い出も書いてあるし。みんなのことが書いてあるし」と夫。第一読者がそう言うならと、ワードで作成した原稿（書きかけ）をプリントアウトして封筒に入れ、郵便局に持って行った。私にとってパソコンは、買い物とメールと検索もできるワープロみたいなものだ。

前年5月の最終週に、自分史コンクールに応募するものを差し出したときと同じく、郵便窓口の方に「普通扱いで大丈夫ですか？　締め切りとか……」と聞かれたが、今回も「大丈夫です～」と答えた。今日はもう27日だが今年は閏年なので、あと2日ある。郵便局のウェブサイトで地元から該当エリアへの「お届け日数の目安」を調べたら、翌々日とあった。よしんば1日くらい遅れても、大目に見てもらえるのではないか。と、思ったところが29日に「間に合いましたよ！」とＹさんからお電話をいただいた。間に合わなかったらどういう扱いになっていたのだろうか?

# その7　宝石がいっぱい

## 指輪を欲しがる

パパラチアサファイアは、蓮の花の色といわれるピンクとオレンジの中間の色を呈する。青いトパーズもあるし、緑色のガーネットもある。トルマリンも〝十粒十色〟なんて言いたくなるような多様さだ。

鉱物や真珠や珊瑚のような、生成に時間がかかる存在にはロマンを感じる。マンガでも長い時間の経過を描いたものは、ことに興味深い。NHKでドラマ化された男女逆転『大奥』、現代アメリカに生まれた金髪碧眼の少女が古代エジプトに引きずり込まれて紆余曲折の物語が始まる『王家の紋章』、若き日の厩戸王子《うまやどのおうじ》と蘇我毛人《そがのえみし》が描かれた『日出処《ひいづるところ》の天子《てんし》』（「日出処」と一息に読むんじゃなくて、「日」「出処」と分けて読むんだよ！　と、高校生の頃、クラスメートに注意された）、その後日譚《たん》『馬屋古女王《うまやこのひめみこ》』、などなど（最近友人から「自分の身近にいる若い人はバッドエンドが苦手なようだ」と聞いたが、私たちは山岸涼子先生の作品好きすぎ・読みすぎでバッドエンドに超耐性がついてしまったのかもしれない）。

話を宝飾品方面に戻すと、私は結婚後数年経って指（など）が太くなり結婚指輪がつけられなくなったので、適当きわまりない普段着に気軽に合わせられる新しい指輪を手に入れる機会を窺っていた。すごく高価でも大振りでもなくてよいのだが、乳白色のオパールが入ったものを希望。遊びに行くときにはピアスやネックレスもつけるが、今の私にしてみれば、鏡がなくても自分の目を楽しませてくれる指輪が一番重要な装身具である。

私はここ数年、誕生日などにも夫にプレゼントをリクエストせずに資金のプールを懇願していたため、交渉の結果、希望の指輪を買ってもらえることになった。こういうことは根回しが肝要である。ちなみに私は折に触れて勝手に選んだり本人の希望に応えたりして、夫に恐竜柄のネクタイや無地のベルトなどをプレゼントしたり、ホワイトデーのお返しが見込めないチョコレート（最初はデパートの催事場で、2回目以降は駅ビルで、近年はスーパーで購入）をバレンタインデーに用意したりしている。

夫には「結婚指輪のサイズを直せば」とも言われたが、内側に結婚式の日付や二人のイニシャルが刻まれており、裏石も入っているからそのままにしておきたい。干物状の老人になったらまたつけられるかもしれない。購入時、宝飾店の方から「（体重が）７、８kg増えるとサイズが変わります」と聞いたが、そんなに増量するはずないと高をくっていた。実際はもっと増量した。現実が厳しすぎる。若い頃、松本伊代さんに憧れた夫も「だまされた」と言っている。

## 現物を見たがる

めったに自分の服も買わない夫に「今回あつらえた指輪がいまいち気に入らないから、もう１本買って」とは、半世紀かけてそれなりに図太く成長した私にもさすがに言えないので、この機会を無駄にしないよう、必ずや気に入るものを手に入れたい。

ある宝飾店のウェブサイトで、値段も比較的かわいらしく、良さげな品が紹介されていた。通販で購入できるのだが、太くなった指の正確なサイズもわからないし、見本を手に取ってチェックしたいと考え、クレジットカードを携えた夫と一緒に実店舗に行ってみることにした。

お店のそばに、お蕎麦屋さんがある。

午前中に歯科治療を受けたため、昼食を食べ損ねた夫は「ちょっと食べてくる」と言うや否や駆け出していったが、間もなくしおしおと戻ってきた。勝手がわからぬタッチパネルによる注文方式で、後ろの人を長く待たせるのも気が引けて諦めたらしい。私も先日、夫が元同僚と飲みに行く日の仕事帰りに「今日、ケンタッキーに」しよーっとウキウキしながらお店に向かったが、カウンターに見慣れぬタッチパネルが設置されており、その前に行列ができていたので諦めた。我々も、地元のファミレスのテーブルの上に置いてある、そこに着席した一味専用のタブレットでゆっくりじっくり注文することはできるのだが……。

そうこうしているうちに予約した時間が近づいたので宝飾店に入る。サンプルを見せてもらって納得し、サイズを測ってもらってスムーズに目的の指輪を注文したのだが、その後が（夫にとって）長かった。色とりどりのルース（カットされ研磨された宝石）を納めたケースがテーブルいっぱいに並べられ、名前は知っていても見るのは初めての珍しくきらきらしい石を目の前にしてテンションの上がる私、それらにまったく興味の湧かない夫。

かなり小さくカットされた石も多く、ルースの価格は3ケタ円、4ケタ円の場合もあるが、これを使ってジュエリーを仕立てるとなるとそれなりのお値段になる。ルースと貴金属と細工の代金を別々に考えたことがなかったので、石が一番高価だとは限らないのだな！　と目からウロコが落ちた。そういえば金の価格が高騰しているというし。

ゾイサイトという石も見せてもらった。黒っぽいような無色のような、緑や紫などの色もちらつく透明感のある石で、なんか地味なのだが、気になる石だ。最近は色を問わず、この種の石はゾイサイトと呼んでもいいしタンザナイトと称しても問題ないらしい。

宝飾店の店員さんいわく、ゾイサイトにハマる人は多いそうだ。私にしてみれば、控えめだがキラリと光るところのある人を好きになって、「あの人のよさを知っているのは私だけ……」フフンと思っていたら、実はその人はよそでもかなりモテていたみたいな感じだ。

若き日の私は青紫のタンザナイトに魅せられ、小さなピアスをひと組あがなって愛用していたが、ある日片方のポスト（キャッチ式ピアスの棒状の部分）が折れて壊れてしまった。へビロテしすぎた。かなりモテる人（石）にすがりついてフラれてしまった、といったところだろうか。

## 水を見れば思い出す

20世紀後半、全自動洗濯機が彗星のごとく世に現れ普及してからも、かなりの長きにわたり実家では2槽式洗濯機を使用していた。2槽式洗濯機は今でも販売されているが、その名の通り、洗うところと絞るところが別々なので、人の手で何度も洗濯物を隣の槽へ移し替えてやらないと洗濯が完了しない。

人後に落ちぬ面倒くさがりの私は全自動洗濯機へのチェンジを親に懇願していたが、聞き入れてはもらえなかった。そしてきょうだいは私が食器洗いや洗濯を課されるようになった年齢を過ぎても、それらを行うことはなかった。「なんで⁉」と私は食ってかかったが、Kは「お姉ちゃんがいるんだからいいだろう」と言い放った。あるまじき、容認しがたき、世にも不平等な扱いである。

その日から幾星霜を経て、今や私は全自動洗濯機のみならず、食器洗い乾燥機も所有する身の上。幸せだ。

しかし食洗機というのも万能ではない。庫内に入れたものは熱い湯や風にさらされるため、漆器だとか、かわいらしい絵柄がプリントされたコップだとかは不適応である。大きな鍋や釜、フライパンも入らない。よしんば入ったとしても、鍋ひとつ入れて1時間半、機械を働かせるのも気が引ける。

「食洗機を導入したいが、とっ散らかった家に工事の人を入れるのがためらわれる」という問題は、「水道工事不要！」で「すぐ使える！」機種の発見により解決した。水栓につないでいないので、運転前に人力で機械に水を入れる必要がある。五十肩発症時には左肩の激痛のため、給水カップを持った左腕が上がらず往生した（夫を台所に招喚して給水してもらった）。椅子に座っているだけでも激しく痛む肩をかばいながら体を横たえ、そろそろと動いて（左右にゴロゴロ転がるなどということは到底できない）、少しでもラクな、ほんのちょっとでも痛みが和らぐ体勢を探しても、「そんな体勢はない」と思い知らされて絶望した。

万やむを得ず、診察を待つ人であふれかえる整形外科医院にかかって飲み薬と湿布（そこらへんにいる夫に貼ってもらった）を処方してもらい、それらが底をついてもまだ痛いので注射を打ってもらった。先生が私の目の前でぶんぶん両腕を回しているのが憎たら……うらやましかった。

治療の甲斐あって、やがて痛みは治まり、現在は自力で食洗機に給水できている。

流れる水のきらめきは、宝飾店で見た地味な石を彷彿とさせる。「あの大きなゾイサイト、今は誰の手元にあるのかなぁ」などと石に思いを馳せつつ、今日も私は食洗機に水を流し込んでいる。

# その８　我が強い

## 電話をかける

　所得税の還付申告をし、インボイス登録したので免除されなくなった消費税を払ったら３月半ばになった。２月末に送った原稿を受け付けてくれたＢ社の、Ｉさんからレターパックが来た。「あなたの作品は本にして公共の場である書店に並べても、まあ、特に問題なかろうと判断されたので、実績あるわれわれのサポートを受けて出版しませんか（有料）」という内容である。作品講評も同封されていた。（有料）の詳細が非常に気になるところだが、「弊社からの今回のご提案、どのようなことを行っていくのかにつきましては、改めてご説明させていただきます」と、それについては依然として伏せられている。

　出版するにせよ断るにせよ、こちらから電話をしないといけない（まあ、フェードアウトも可能だ）。私が校正をなりわいとしていることのメリットとして、「仕事場の電話機に一切関わらなくていい」という点はかなり大きい。つまり私はオフィシャルな電話も超苦手。何か問い合わせようとして「今かけて大丈夫だろうか」「つながったら頭が真っ白になるかもしれないから言うことを書いておこう」とひとり悶々とプレッシャーをつのらせ、言うことを書いた紙片を片手に「めんどくさくなってきた……」と途方に暮れる始末だ。

ぐるぐる考えているうちに正午まであと15分になった。今日電話しないと、またしばらくかける折がない。ままよ、かけてしまえ。

## ジャブを打つ

2023年12月に「2か月半で百枚書いてみませんか」と私を焚き付けたYさんは、私の書いたものについて「軽快」で「正直」な書きぶりだとおっしゃっていた。

今回「正式に担当に決まった」Iさんは、「子供みたいに素直に」書いているとおっしゃった。これは相手によっては褒め言葉にならないのではないかと感じるが、私の属性と書いたものの様子から「いける」と判断されたのであろう。ビンゴだ。敵もさるもの引っ掻くもの、さすがの言葉選びである。この方は、重々しい文章の書き手には「輝かしいご経歴が存分に生かされた格調高い名作で……」とか何とかおっしゃるのではなかろうか。

「私は会社員じゃないから、子供っぽいのかもしれませんね」と応えたが、そもそも子供っぽいから会社員がつとまらなかったとも言えよう。人とバカ話をするうち「なんだそりゃアッハッハ」と笑わせたら「してやったり」とほくそ笑む52歳児、そんな私。「家事負担がゲロ重」とこの文中に何度も書いているが、「家計を支える責務」を重く感じているのは夫のほうだろう。Kの容態が悪化するにつれ（どうあっても私の手が必要だった、というわけではないのに）私が自分の仕事量を終いにはゼロになるまで減らして平気だったのは「夫が働いているからいいや」と、考えていたからだ。その点に関して「無駄に年だけ食って中身は甘ったれのガキンチョだ」と言われたら口をモゴモゴするしかない。その通りだ。

作品講評を読んだ感想を求められたので「自分は全部（自分の考えを）わかった上で書いているけれど、もう少し説明したほうがいいところがあるのかなと思いました」と答え、「書くときに困ったことはありますか」と聞かれて「よくわからない（物事の仕組みなどの）ことを書くのは難しかったです」と答えた。禅問答か。電話の向こうのIさんにしてみれば、この書き手はわかっているのかわかってないのかわからない人だ。

講評の中で、私が書いて送ったものの要約がなされていたが、冒頭の実家に関する記述について気になるところがあった。〝著者は、郊外過ぎて不便なその家が、あまり好きではありませんでした〟と書いてある。《バスとT字路と私》で、家族で戸建てに越してきたとき「きっと父自身が嬉しかったのだろう」と書いたのが冷たく響いたのだろうか。

「不満タラタラ」なのと「あまり好きではない」のは違う。この散文を書いた人間は、親が買った家のことを、あまり好きではなかったという印象を和らげるために、先ほど示した文に2文字書き足して「きっと父自身が一番嬉しかったのだろう」という文にした。さらにあちこち直した後、本になったものをありがたくも読んでくださる方は、どんな感想を抱かれるだろうか。

一つの物事に対してたくさんの考え方があるということは、混迷の種にもなる。けれども、昼と夜とで見せる色を変えるアレキサンドライトや、緑や黄や茶といった色をモザイク状に呈し、ピンセットの先でそっと転がせば万華鏡のようにその表情を変えるスフェーンにも似たゴージャスな現象でもある。

「よくわからないこと」は車の種別や運転や免許に関することなど。あと、神戸に行ったときの記憶が特にあやふやで困った。

さらに、何かこうしたいというご希望はありますか、とも聞かれた。「自分のペースでやりたいです。ご意見をいただくのはいいけれど、基本的に自分の好きなようにしたいです」と答えた。Ｉさんは笑っていた。

「ところで日々野さん、出版の時期については考えていらっしゃいますか」。考えていません。親の誕生日があるので、秋でもいいかも。でも間に合わないでしょうね。

「自分は来年の今頃ではどうかと考えています」。なるほど、年度が替わるか替わらないかくらいの時期ですね。それはいいかも。カバーに桜と路線バスの絵が入っていたらかわいいかも。

## ゼニ！　ぜに！　銭！

そしてついにＩさんは「何か気になることはありますか」と私に尋ねた。マネーの話をする時が来たのだ。

「それはやっぱりお金のことですねえ」

「ですよねー。どのくらいのところを考えていらっしゃいますか？」

「それは先にお聞きしたいですねえ」

Ｉさんはまず大きいほうのプランを提示してきた。料金の目安を知って唸る私に、金額は半分で規模は3分の1程度のプランもあると言う。事前に私がＭＡＸ出してもこの金額、と考えていたのが小さいほうのプランの料金である。大きいプランの料金負担の重さもさることながら、いったいこのようなぐうたら人間の手記を１０００部も刷って、はけるものだろうか？

ほかの会社のウェブサイトの見積もりシミュレーションで算出された料金はもっと安かったが、単純に比較することはできないだろう。結婚式の見積もりと同じで、仮見積もりの内容は最低限の仕様になっているはずだ。サービスの内容とか、判型とかページ数とか、どの紙を使うのかとか箔押しをしたいとか、いろいろ詰めていけば多かれ少なかれ、料金は膨らむと思われる。

大きいプランのほうが割はいいですよねと私に言わせたＩさんは、「ではお見積もりをお送りします」とクロージングに入った。

## 狼の口の中へ！

出版契約書に署名などしがてら、B社に行ってみることにした。夫いわく「わからないことは聞いて、しっかり交渉するんだよ。嫌ならやめてもいいんだから」。ごもっとも。お守りとして、先日出来上がった指輪をつけていこう。指輪はとても良い仕上がりで気に入ったが、使われているオパールはデリケートな石で、全体のデザインも有機的なため、つるんとした結婚指輪と違って、つけっぱなしで手が汚れたら指輪ごとじゃぶじゃぶ洗えばいい、というわけにはいかず、気を遣う。わがままだが美しい恋人にかしずくような心地だ（結婚指輪もできれば外してから手を洗ったりしたほうがよいらしい）。

諸賢お察しの通り、私は方向音痴であるが、Iさんがあらかじめわかりやすく駅からの道順をご教示くださったため、当日は約束の時間に遅れることなく到着した。

立派な社屋の1階に、受付の男性と警備の女性がいる。嘘です。実際とは男女をあべこべに書いたが、もしもそこにいるのが受付が適職の男性と、警備が適職の女性だったなら、私の嘘が本当であってもよいのでは。私も綾瀬はるかさん演じるところのバルサのように、王子さまの用心棒が務まるくらい強くなってみたかった。2016年公開の映画「海賊とよばれた男」を夫と見た後、「(あの！　素晴らしすぎる!!)綾瀬はるかと暮らせるなんて、役の上でもうらやましい」と興奮していたら「岡田(准一)くんと……じゃないの？」と夫は戸惑っていた。数年前に、現実世界においても新垣結衣さんの夫の座をゲットされた星野源さんのことが「うらやましい!!　キー」とハンカチを噛み締めた人々の中には女性も少なからずいたようだ。さもありなん。

私はイヤイヤ男性と結婚したわけではないのだが、チャーミングな女性を見ているのが大好きなのだ。黒川伊保子先生の『娘のトリセツ』(読み返すたびに私は泣いてしまう)を参考にすると、私は「自分がこんなふうだったらいいのになあ」と憧れている素敵な女性を、「魔法の鏡に映った理想の自分」としてウットリ見つめているということのようだ。

B社の1階ロビーに意識を戻そう。Iさんにお取り次ぎくださるよう受付の女性にお願いして、待合スペースの本棚から『コッコツバス』という絵本を取り出して読んでいると、まだ読み終わらないのに「こちらへどうぞ」とエレベーターに案内された。

2階で戸が開くとIさんが待ち構えていた。応接セットが並ぶフロアの入り口に、「水谷豊」と書かれた色紙が飾られている。なんと、このビルで「相棒」の撮影が行われたことがあるそうだ。

先だって私が送った原稿をめくりつつ、Ｉさんは「出発直前にスーツケースを開けてと言って怒られるところは面白かったです。『ちびまる子ちゃん』みたいだなと」などと感想を伝えてくれた。どうやら本当に私の所業が小学生並みに思えているようだ。

私がマスク代をケチって、大きめの立体マスクに憧れる夫の控えめな発言をスルーしていたくだりについては、「こういうことってありますよねえ。早く対応してあげればよかったのに、つい聞き流してしまったり……」。「マスクのことなんか、こんなに長く書いちゃって」と笑った夫に、「しょうもないことを膨らませて書くのがエッセイだよ」と、お言葉を返した私、よく言った。

「１９９９年の７月」について、１９９２年（私が成人した年）生まれのＩさんはピンとこなかったという。Ｉさんはこれを検索した結果、まる子と私が似ていると感じたのかもしれない。ということは、私がちょこちょこ書き込んでいる昭和・平成カルチャーへのオマージュにもほとんどＩさんは気付きようがないということか。「あったあった、こういうの」という反応が見込める年齢ゾーンは、けっこう狭いのかもしれない。

２月の末までに書いたのは原稿用紙70枚分弱、あと30枚分くらい書いて脱稿したら、時間に余裕ができるはずだ。今日明日着るもの、食べるものを用意するだけで精一杯で、後回しにした物事が堆積している自宅を（少しは）片付けて、たまには夫に（私にできる範囲で）まともな料理でも作ってあげよう。そんな思惑は砂の城のごとくサラサラと崩れ去る運命であった。先日の電話の後、速やかに送られてきた「御見積書」の備考欄には〝原稿用紙換算で150枚まで加筆していただくことを想定しております〟と書かれていたのだ。

そして今、透明なパーティションの向こう側にいるIさんは、涼しいお顔で「筆が乗ってもっと書ければ160枚、180枚、200枚くらいまでなら同じ料金で承れます」とのたまった。脱稿とは蜃気楼か、鼻先に吊るされた人参か。貧乏性と言われても、同じ料金ならたくさん書いてたくさん刷ってもらったほうがお得ではないか。本になったとき、厚みがあったほうが見栄えがするし。

ちなみに支払いは一括でも受け付けるそうだが、私は3分割方式を選んだ。学習能力がある自分を褒めてやりたい。私が途中で出版をやめたくなった場合は、その時点でB社から外部に支払う必要が生じている額を除いて残金があれば返還されるという説明を受けた。B社に責があって出版が頓挫した場合は、資金が保護されている口座から全額返金されるということだ。天変地異などにより被害を受けて出版の実現が難しくなった場合は、話し合いにより対応を決定する。

数日後にＩさんから、私の往訪への謝意を述べ、今後の連絡に備えて、メッセージ到着確認のための簡単な返信を求めるメールが届いた。

返信の件名に「日々野ボタンでございます」と打ち込みながら、またしてもジェネレーションギャップについて考えた。Ｉさんは、昭和末期から平成初期にかけて、コミック誌『ｍｉｍｉ』にて連載された『白鳥麗子でございます！』というマンガが大ヒットしたことも、鈴木保奈美さんや松雪泰子さんが白鳥麗子を演じられたことも知らない公算が大であることよ（河北麻友子さんバージョンは観たかもしれない）。

## その9　パンダが見たい

### 暗雲が垂れ込める

その日、細かい字がびっしり入ったリーフレットの校正に手間取って、いつもより少し遅く帰宅した私は疲れていた。割引シールの貼られたパックのお惣菜を買って待っていた夫の起床時間は明日も早いはずだ。「ごめんね、早く食べよう」。すると「明日は早く行かなくてよくなったから」と、思わぬ返事があった。夫のお客さま対応が不十分だった件でクレームがあり、翌日の乗務から外されたのだという。来週の和歌山旅行のために取った休みもどうなるかわからないと凹んでいる。

「いいよ、また行けるよ」となだめたが、「行きたかった」と、残念無念な様子だ。

やってしまったことは仕方がない。明日営業所に行ってお叱りを受けて謝って、それから何があってもうちに帰ってきなさい。

「やることが多すぎて、焦っちゃうんだよ……」

はた目にもそれはそうだ。車内外の安全と定時運行を気にかけつつ、（特に朝は）「一刻も早く着きたい、着いたらすぐ降りたい」という乗客の圧を背にひしひしと感じながらバスを運転し、バス停では人々を乗降させ、運賃収受もせねばならない。しかしお客さんの不満もわかる。接客業は本当に難しくて大変だ。

その晩の夫は食べ物もあまり喉を通らず、浅い眠りに悩まされたようで何度も起き出していた。彼を翌朝送り出した私の気分も、どんよりしていた。夫はまた転職するかもしれない。私の書き物についてはどうすべきか。タイトルを変更する必要があるかもしれない。否、出版そのものを諦めたほうがいいのかもしれない。

## 翔んで和歌山

離陸直後の飛行機の後ろ姿は、脚（車輪）が出たままで、いかにも「一生懸命助走をつけて、今、飛び立ちました！」という様子でほほえましい。

羽田空港のロイヤルホストの大きな窓から滑走路を見るのも、ずいぶん久しぶりだ。夫は前述のクレームを受けた翌日、営業所内の見せしめの席に座らされて反省文を書いた。翌就業日から乗務に戻り、休みも予定通りいただけることになったので、われわれ夫婦は本日いそいそと空港にやってきて、搭乗前に早めのランチを食べているところである。やれ、うれしや、ありがたや。

ちなみに夫はがっつりハンバーグセットではなくナスと挽肉のボロネーゼ、辛い食べ物が苦手な夫と暮らすカレー大好きの私はビーフジャワカレーを選択。往復の交通費や宿泊料金は夫が積み立てている旅行資金から、旅先の施設への入場料や昼食代は私が支払う。つまり、ここでの会計は私持ちだ。

保安検査場でもらった搭乗案内レシートを見ると、我々が乗る便の搭乗口がバスラウンジに変更されており、乗客はバスに乗って飛行機に向かうことに。

「空港の中だけ走るなら、このバスを運転するのもいいな……」とは、夫のつぶやきだ。バスドライバーが、同業他社などに転職することはままあるらしい。

「でも、経路を間違えて到着が遅れたりしたら大ごとだよ」

「そうだね、地元で走っておくわ」

まあ、夫も言ってみるだけだ。彼は職住近接にすっかり慣れてしまい、「もう通勤ラッシュの電車とか無理」な体になっている。

乗り込んだ飛行機が走り出し、やがてふわりと足が浮く感覚を得るとき、非日常感は最高潮に達する。眼下に東京の景色。

飛行機でも特急列車でも、「たまには窓側に座ったら」と勧めても、夫は必ず窓側の席に私を座らせる。乗り物の窓外の景色を見たがる連れを喜ばせようというこの思いやり。神か。

この短いフライトでは海岸線の上空にいることが多く、地理に詳しい人なら今どこが見えているのかわかるのではないか。私には富士山しか判別できなかったが。次に飛行機を利用する機会には、詳しい地図を持って搭乗するとしよう。あと、英虞《あご》湾の真珠養殖イカダが見えたような気もする。生前の父を含む実家のメンバーは何年か前にお伊勢参りをしたが、私は「まだふみもみず」伊勢志摩、である。同じく、私だけ天橋立《あまのはしだて》にも行ったことがない。

我々の目的はとにかくのんびりダラダラすることなので、初日は宿で温泉や湯上がりのコーヒー牛乳を楽しみ、残りの2日でアドベンチャーワールドを見て回るというのが今回の旅行のざっくりした予定だ。ゆえに宿へ直行するのかと思いきや、南紀白浜空港に降り立つと、夫はターンテーブルからピックアップしたコロコロを体側に寄せて移動させながら、コンシェルジュエリアに向かった。

自動ドアの内側にはレンタカー会社のカウンターや、地元の情報を紹介するパンフレットが入った棚やベンチがある。営業マン時代の夫は、休みに遠出した際〝わナンバー車〟の運転も楽しんでいたが、「皆さまの路線バスドライバー」となってからは旅先ではハンドルを握らず、ご当地の交通機関のお世話になっている。

南紀白浜温泉ガイドマップをゲットした夫は、「宿にチェックインするにはまだ早いから、何か見物しよう」と言う。周辺地図の左上端にある京都大学白浜水族館へ行ってみようと話がまとまると、素通しのガラスの向こうにバスが停まった。側面の行先表示に「臨海」の文字もある。あれに乗るべし。

明光バスの車内には「濡れた水着で座席に座らないでください」という注意書きがそこかしこに掲示されており、夏場の悶着が推察される。遠来のバスドライバーとその家族として、スマートな支払いを期す我々は車内前方の運賃表示機を凝視し、数字が変わるたびに小銭を数え、目的地のバス停でぴったり二人分支払って降りた。

## 生け簀ではない

海沿いの水族館の、受付横のとっぱなの水槽には、おいしそうな大きな魚がたくさん泳ぎ回っている。

二人で何かを見に行くと、たいていの場合、夫はサーッと展示を見て回り、疲れた人・その場のアトモスフィアに浸りたい人・マイペースな連れがいる人などのための椅子に座って、私が追いつくのを待つことになる。例によって先行していた夫がこちらへ戻ってきて、「あっちにおいしそうなのがいるよ」と言う。ウニかカニかと思い、これ？　とタカアシガニを指すと「それは大味（※個人の意見です）。こっち」伊勢海老だった。中型犬サイズのものも水槽の上の方の、向かって右隅に腹側を見せてくっついていた。京大は寿司ネタを巨大化させる研究をしているのだろうか？

水槽の底の方ではオオバウチワエビがエダツノガニに乗られたり引っ掻かれたりしていた。イシガキフグはこちらに顔を向けようとしない。ごく狭い水槽に生き物が詰め込まれているような展示を見ると（それが理にかなっているのかもしれないが）、申し訳ない気持ちになる。水族館や動物園は研究や教育の場でもあるが、私は専門知識も持たないただの「生き物見たがり」中高年だ。若い頃、動物園に行かないかと誘った相手に、高村光太郎の「ぼろぼろな駝鳥」という詩を引き合いに出され、「私は動物園には行かない」と断られたこともある。その詩は私も昭和の昔に国語の教科書で読んで、衝撃を受けた。衝撃は受けたが、動物園や水族館に行きたい気持ちは抑えられず、50歳を過ぎて子供も孫もいないのに、京都大学白浜水族館を訪れたこの日の翌日にも、真顔の夫（写真が苦手）を隣に座らせて「はじめてのアドベンチャーワールド」と書かれたパンダの顔の形のプレートを持ち、にこやかに記念写真に納まったりしている。プレートは夫に持たせて自分はハンズアップでもすれば、より楽しそうな写真が撮れたかもしれない。

ところで私はセミエビやウチワエビのフォルムが好きだ。目が離れていて、何となくかわいらしい。

順路の終点に着くと、夫は近隣施設の案内らしきリーフレットを開いている。この水族館の横手に、南方熊楠《みなかたくまぐす》記念館があるらしい。

隣にあるなら行ってみようよと、いったん海沿いの道に出て右に折れ、気軽に向かったが、信号機を備えた門を入ると、昼なお暗き密林の中をのぼる結構な急坂である。夫が前職にあったとき、出張のお供にしていた小さめのコロコロが今まさに重荷となり、彼は「来なければよかった」と、うめいている。私が持とうか？　と言っても夫は重荷を渡さない。やっと坂をのぼりきって、小さく開けたところから急な石段をのぼると、目的の館があった。

## 巨星の軌跡

大人券2枚で1200円なり。「最初に2階で映像作品を見てから、展示を見てください」ということで、階段をのぼってDVD鑑賞スペースへ。

若き南方熊楠の肖像を見ると、きりっとした美青年だ。SUPER EIGHTの村上信五さんに似てるのではないかという私の言に、夫は同意しなかった。

熊楠は和歌山城下に生まれ、国際的にあちらこちらでいろいろ書き写したり、標本をたくさん集めたり、文通したり、論文を投稿したり（大変な筆まめ）、自然保護などのため神社合祀反対運動をしたりした、エネルギッシュな在野の学者らしい。

「なんでロンドンにいられなくなったの？」

「大英博物館出禁になって、お金もなくなったからじゃない？」

「なんで出禁になったの？」

夫はそこを気にしていたが、記念館の中では、はっきりした説明は見つけられなかった。

展示を見ているうちに、またしても夫に置いて行かれた私は、小ホールから階段をのぼって屋上展望デッキに出てみた。すごい風だ。天気は薄曇り。

このあたりの海は湾になっている。対岸の山地や島などが景色に変化をつけていて見飽きない。

熊楠が亡くなった１９４１年はＫの生まれた年である。なんと、熊楠のイニシャルもＫだ。片や博物学の巨星、片や無名の数学教師なのであるが、学問に志した両者の不思議な縁を感じた。

展示を見終わって１階に戻り、私は絵はがきとキーホルダーを購入した。帰宅後、〝世界に不要のものなし〟（ｂｙ熊楠）と記されたキーホルダーはバス営業所で夫が使用するロッカーの鍵につけられた。私は水木しげる先生の『猫楠　南方熊楠の生涯』を取り寄せて読んだ。読前読後の私の中の熊楠のイメージは、かなり異なるものとなった。絵はがきは誰にも１枚も送れていない。それはさておき、和歌山旅行中の夫は記念館のロッカーからコロコロを取り出して、タクシー会社に電話をかける。

「南方熊楠記念館に1台お願いしたいんですけど……あ、下までおりてましょうか？」

タクシーの運転手さんも、ここまでのぼらなくて済めば助かるということだろう。ロビーには、忘れ物のないようにという趣旨の注意書きもある。坂をおりてから忘れ物を思い出したら、くずおれてしまいそうだ。

## 歌姫の声音

出勤前には質素な朝食を義務的に摂取している夫だが、「出された食べ物を残すのはもったいない」という考えもあって、旅先では朝からもりもり食べる。

昨夜のメインであった鮑《あわび》のしゃぶしゃぶもおいしかったが、朝も多彩なおかずに合わせて何杯でもご飯を食べてしまいそうだ。私は一口当たりのご飯を少なめにして食べた。夫は数回お代わりしていた。

宿からアドベンチャーワールドに向かうタクシーの車内で、「1日券と2日券、どちらを買おうか迷っているんですけど……」と相談すると、今から入園するなら1日で見られると思う、イルカショーがおすすめだと運転手さんはアドバイスしてくれた。

タクシーがのぼり詰めた高台に、はるか遠くまで駐車場が広がっている。来たるGWには、ここがいっぱいになるということだ。入園すると、聞き覚えのない歌を歌う平原綾香さんの声が響いている。

私は以前、東京都北区王子にある北《ほく》とぴあのステージに立つ平原さんを生で見たことがある。北とぴあは、2024年に大規模改修の再検討が発表されて話題になった施設だ。平原さんは、音楽会「高嶋ちさ子　12人のヴァイオリニスト」のゲストとして登場し、高嶋さんたちとの楽しい掛け合いや、素晴らしい歌唱を披露した後、客席に向かって投げキッスをしながら舞台袖にはけていかれた。

北とぴあには他にもパイプオルガンのロビーコンサートや雅楽の演奏、西本智実さん指揮のコンサートなどを聴きに行った。飛鳥山公園の薪能では野村萬斎さんも出演されている狂言も観た。王子シネマ（2012年に閉館）では大変お得に映画が観られた。前述の駅前施設に加え、スーパーも書店（複数）も区役所も税務署も警察署も図書館もニトリも、私が住んでいた1Kから（がんばれば）歩いて行けた。近隣で神社仏閣めぐりもできたし、商店街でお得な買い物や食べ歩きもできた。

ある日、婚約者だった夫が王子に遊びに来た。つっかけを履いて迎えに出てきた私が「すごい靴下をはいていた」と、いまだに夫は言う。きょうだいにもらった、はくと足の甲が〝そらジロー〟の顔になるデザインの靴下だ。

それから十数年の時が流れ、今、和歌山県は白浜町のアドベンチャーワールドに流れている平原綾香さんの歌は、このパークの40周年記念につくられたテーマソングだった。

## ビックリドッキリショー

入り口近くにいるラクダや馬などを見て歩いていると、あっさりパンダもいた。外気に触れているパンダが珍しかったので撮影した。竹をかじるバリボリ音も聞こえる。カンカンとランランが来日した年に生まれ、関東で育った私にとって、パンダとは薄暗いトンネルの中を歩きながらガラス越しに眺める、こちらに尻を向けて寝ていることが多い動物だった。上野動物園に新展示施設「パンダのもり」が完成したのは２０２０年、郊外に住むくたびれた中高年となった私はまだ見に行ったことがない。

マリンライブの時間が近づいたので、会場となるビッグオーシャンに赴き、席を確保する。ここでは特に「水濡れ注意」のアナウンスはないようだが、プールの近くに座れば海獣の着水時にしぶきを浴びる可能性が高い。私は防水素材のフード付きポンチョを着た上で、イルカ・クジラのジャンプを見上げる席に座るにやぶさかではないが、今日は旅館のお世話になるので、おとなしく夫と並んで正面後方に陣取った。

広げた扇のような形の屋根の下の、底が抜けたラーメンどんぶりを半分にしたようなエリアに観客席、どんぶりの底あたりがプールになっている。プールの向こうに海・山・空（右手に見えるのは滑走路だろうか）を背にしたスクリーンがあって、心浮き立つ音楽とともに動物の映像などが再生されている。と、画面にあどけないヒトのお子さんの顔が大写しされた。この子は今、この半どんぶりのどこかにいるらしい。さらに、映されたことに気付いた女性たちが驚く様子や、横顔の方、お子さんたちを挟んで座った様子が映った画面をスマホで撮影するお二人などが映った後、マスク姿の男女が映った。なんと、あれは我々ではないか！

たくさんのイルカ・クジラとトレーナーさんによる見ごたえのあるショーが終わると、スクリーンに先ほどの観客席の人々の映像が再生された。もうすぐ我々が……と思ったところで別の映像に切り替わった。尺の都合か、はたまた、予期せぬ事態に固まった夫のノーリアクションぶりに「映してはいけない人たちだった」とジャッジされたのか。

## ケニア号に乗る

マリンワールドを出て、カバやミニカバのオブジェ、生きているカバの背中が浮き島のように見える水面、寝ているカピバラ、寝ているチンパンジーを撮影したが、ガラスを隔ててすぐそこからこちらを見ているチンパンジーは撮影できなかった。なんだか気圧されてしまったのである（東山動植物園に行ったときはシャバーニが遠くにいたので、ズームして撮影した）。フタユビナマケモノとアルマジロの展示場所を見つけるのに苦労した。

メリーゴーランドの座席はアシカやイルカ、ペンギン、パンダ、マレーバク、キリン、一角獣などを模している。ダチョウのようなエミューのような座席もあるが、鳥インフルエンザ感染の影響で、私たちが訪ねた時期の園内ではペンギン以外の鳥類はほとんど見られなかった。フラミンゴやオニオオハシなどを観察できるのも当たり前のことではないのだ。

サファリワールドの草食動物ゾーンは徒歩やカートなどでも回れるが、ラクをしたい我々は列車タイプの専用車、ケニア号に乗って一周することにした。アフリカゾウや、毛が長かったり短かったり角が生えていたりするウシ科の動物たちやシマウマ、キリンなどのいるあたりの道にはヒトのカップルや家族連れなどが歩いている。さらにケニア号は金属音を響かせて開閉する2つのゲートを順々にくぐって肉食動物ゾーンに入った。ライオンやアムールトラ、白いベンガルトラなどがいるのだが、猛獣もケニア号も動いているので、どこだどこだと探して猛獣を見つけてもあっという間に視界から消えてしまう。持ち帰ったパークマップを改めて見てみると、ウォーキングコースから入れる、肉食動物ゾーンを見渡せるスポットもあるようだ。じっくり見たい族への配慮もなされている。

ケニア号の車内にも印象的な生き物がいた。乗車口のドアがロックされる前に係の方に撮ってもらった記念写真に残る、生真面目な表情で「ガオー」ポーズ（係の方に推奨され、妻に強要された）をとる夫と、我々が座った席のすぐ後ろのガラス窓の内側を逍遥していたカメムシである。

朝からたらふく食べた我々は、お昼に蕎麦を食べることにした。おしぼりの袋も箸袋もスライスかまぼこもパンダ柄である。

## 観覧車に乗る

パークの中心部に、オーシャンビューホイールという大きな観覧車がある。小学校中学年くらいのお姉ちゃんが弟くんと一緒に、お父さんとお母さんに見送られて、意気揚々と我々の1つ前のゴンドラに乗り込んだ。ご両親は乗りたくないのかもしれないし、入場料とは別にそれなりの料金がかかるので節約とお考えなのかもしれないし、「10年前は2人で乗ったよね～」なんて言いながら束の間デート気分を楽しむのかもしれない。同じように2人分の料金を払って、我々は10年前に横浜でコスモクロック21に乗ったときと同じく、自分たちが乗る。人生いろいろなのである。

高所に上がって面白いことの一つは、周りの建物の屋上が見られること。絵が描いてあったり、オブジェがくっついていたりする。ジェットコースターの軌道の向こうには緑の中の街や海、対岸まで見える。

下りの半周に入ると、現実に戻ってゆく。メリーゴーランドの座席の他にも、動物の形をした乗り物がいろいろある。カートはヒョウ柄やトラ柄だ。

地上に降りてパークマップを開くと、ゾウが入り口近くにいたはずなのにまだ見ていない。サファリワールドのエレファントヒルにいたのはアフリカゾウ、入り口近くのゾウの森にいるのは、アフリカゾウに比べて小さなアジアゾウだ。マップの中のイラストも描き分けられている。ゾウの森の壁に開いた小窓や、高見台から観察すれば、ゾウは背中に草をのせて、鉄の柵の向こうに右側の足を出していた。

## 黒と白

アドベンチャーワールドからカーブの続く道をぐるぐるくだってゆくタクシーの車内で、運転手さんの「来たる黄金週間にはこの道は大渋滞し、あまりに車が動かないので業を煮やしたお客さんが中途半端なところで降りたがったりする」なんていうお話を、は行の相づちを打ちながら拝聴する。「いろんなお客さんがいますよねえ」と、夫は運転手さんを相手に職業ドライバーあるある談義で盛り上がっている。

今宵の宿に向かう道半ば、遠からぬあたりにヨーロッパの古城のような建物が見え、「あっ、お城が……」と言ったら運転手さんが「バブルの頃にできたホテルですよ」と教えてくれた。

今日は曇ってるけど明るいし、動き回るには暑くなくてちょうどいい天気だなと思っていたが、実は雲に覆われているのではなく、黄砂で霞んでいるのだそうだ。こんな日、黒いボディーのタクシーは、１日でひどく汚れてしまうという。こすると傷がつくので、水で流さないといけない。

「手入れは大変だけど、やっぱり車は黒が一番格好いいでしょう」

関東で待機中のうちの愛車は白いけど、確かにピカピカの黒い車には独特のスタイリッシュさがある。仕事の相棒を深く愛し、誇りに思う運転手さんもステキだ。黒い車も白い車もかっこいい。それは金子みすゞ、『メンタル強め美女白川さん』、すなわち多様性の頌歌《オード》である。

# 露天風呂に浸かる

快適な宿の露天風呂に浸かって夜景を眺めるのは贅沢な時間だ。近くや遠くの灯りもその彩りだが、周囲の建物の窓の向きは少し気になる。こちらから外が見えるということは、外からもこちらが見えるということである。

新型コロナ禍発生以前、ある施設に泊まった翌朝、露天風呂に入ろうとしたとき、人がいるはずのない場所から中年男性がこちらを見上げていた。開けてはいけないドアには立ち入り禁止と張り紙をするだけでなく、不届き者に開けられないよう対策するべきだ。不届き者に罪があるのは当然である。自分がそういう目に遭ったことを人に言うのも情けなく恥ずかしく思い、施設に改善を求めることもできなかったが、その時は平静を装うのが精一杯であった。のちのためには、やはり施設の方に伝えるべきだったというのは、相当時間が経ってからの後悔だ。しかし悪いのは傷つけられた私ではない。この件において悪いのはあくまでも、人がいるはずのない場所に入り込んでいた者である。

以後は露天風呂が設けられた場所の明るさや周りの様子などに神経を尖らせるようになった。絶景に臨む温泉を無邪気かつ無条件に楽しめないのは残念だが、想定外の人に見られる恐れがまったくない露天風呂をつくるのは難しいだろう。暗い中、滑って転ばないよう気をつけて移動し、やっとの思いで露天風呂に浸かっても、浴場に眼鏡を持ち込むのを忘れた場合、私の視界は、はなはだしくぼやけてしまっているが。

## 豪奢の宮殿を訪ねる

夫は濃厚なアイスクリームが特に好きなのだが、暑くなるとにわかに氷菓びいきの私の仲間となり、「がつっとオレンジ食べよ〜」とか言いながら冷凍庫を開けにゆくが、私の愛するあの商品の名前は〝ガツン、とみかん〟である。近年出回っているおいしいハイブリッド柑橘が聞いたら「どっちでもいいよー」と言うかもしれないが。

昨日のタクシーの窓からは柑子色に見えたお城の屋根瓦は、今日の日差しの下、近づけば鮮やかなオレンジ色に見える。お城の名前はホテル川久《かわきゅう》、南紀白浜温泉ガイドマップには〝文化施設①川久ミュージアム〟として掲載されている。建物の海に面した側は洋風に見えたが、横に長い屋根をいただく門を構えたファサードには東アジアの雰囲気もある。シーサーは見当たらないが、左右の尖塔の上に力強く跳躍する巨大なウサギのブロンズ像が一対。門をくぐると足元にも幾何学模様が広がり、門と建物の間に木が生えている。大庇の下の白い円柱が並ぶさまは、古代の神殿のようだ。

大トトロでも通れそうな門からだいぶ歩いて、頭上はるかに金色に輝く丸みを帯びた天井があるロビーに入っても、わかりやすいチケット売り場も自動券売機も見当たらないので、びしっときまった制服姿の女性に「見学に来ました」と申し出ると、フカフカの椅子を勧められ、アンケートに記入するよう求められた。タイパとかコスパとかとは別の判断基準がある世界である。もしも黙って見て回ったとしても、おかしな動きをしなければ、誰にも文句は言われなそうだ。さすがお大尽ホテル、なんとも鷹揚である。一般1人あたり千円の料金で30点ほど写真が入ったフルカラーのリーフレットと、エンボス加工されたオフホワイトのいい紙にエメラルドグリーンと黒の2色で館内の写真が印刷されたチケットがもらえた。2枚のチケットのデザインはそれぞれ異なるが、どちらもシック。リーフレットの説明によると、川久の屋根に使われている瓦は瑠璃瓦といって、その色は〝老中黄《ろうちゅうき》〟という特別な色だそうな。

ロビーに林立する柱のラピスラズリのような色合いの肌は、日本の左官職人さんがドイツで習得した技法によるもので、大理石を模しているそうだ。この技法で青く仕上げたものが一処にたくさんあるのは珍しいらしい。

チェスセットの向こうには、ものすごく重そうな素材でつくられたスケルトンのエレベーターが。このエレベーターもしくは吊り下げ式の螺旋階段で1階ロビーと2階の回廊を行き来できる。

屋根には紫禁城に使われたものと同じように焼かれた瑠璃瓦、ロビーの床にはローマンモザイクタイル、エレベーターのカゴの床はフランス（箱根ではないんですね……）の寄木細工ときた。さらに美術品やら骨董やらスタインウェイピアノやら鎮座ましまし、絢爛豪華がてんこ盛りである。いろいろたくさんあるのに広々とした、この空間自体もあまりにもリッチだ。

螺旋階段は2回転しており、壁面に東西の画家の手になる絵画が飾られた回廊は確かに2階にあるのだが、目がくらむような高さ、透かし天井の下を通る波ガラスの欄干のついた橋を渡れば足がすくむ。螺階、巻き貝、植物、ソフトクリーム、それは魅惑の螺旋ファミリーだ。

千円で入場した人が見て回れるのはここまで（お庭にも出られます）。宿泊客しか入れないエリアにはダリの立体作品などがあるそうだ。夫はロト6の胴元に長年出資しているから、そろそろドーン！　と配当があるはずだ。ロト成金の妻として和歌山を再訪し、川久のプレジデンシャル　メゾネット・ジャグジーに泊まればダリも見放題。楽しみだ。

## お土産が買えない

明光バスに乗って、とれとれ市場へ向かう。最終ミッション〝お土産を買う〟決行のステージだ。道沿いの看板や、建物の庇の上には大きな魚のオブジェが躍り、正面玄関の脇にはこの市場で買った食材でバーベキューができるコーナーもある。私は不精で料理も人付き合いもへたくそなのでバーベキューが苦手だ。焼いたものをお皿に盛って出してくれるお店は好きだ。ここで楽しくいろいろ焼いて大勢で食べている人々がまぶしい。

市場の中には海鮮や干物、野菜なども売っているし、焼いた魚介類やお寿司などが食べられるコーナーもある。いわゆるばらまき用のお菓子などの売り場は一部なのだが、それでも物量に圧倒されて、夫も私もすぐには買い物ができなかった。気分転換を兼ねて県道33号を隔てた斜向かいのお店で中華そばを食べようとしたが、ランチタイムが終わったところだった。夫は落胆していた。我々も海鮮は大好きだが、二晩続けて山海の幸を堪能していたため、中華そばが食べたかったのだ。

とれとれ市場に戻って喉を潤し、紀州銘菓や梅干しなどを買って自宅に送った。帰り際にお店の方が何かの試食をすすめてくださったのだが、さんざんお金も使ってしまったしあまりお腹もすいてないし生ものは持って帰れないしと思って断ってしまった。あれはすごくおいしいものだったのではないかと後悔している。

快速［熊野古道4号］というバスに乗り空港に着いた。南方熊楠記念館の屋上展望デッキから見えた円月島の形をした石に〝南紀白浜空港〟、右下に小さく〝和歌山県〟と刻まれている。植え込みの赤紫や白の花が緑に映える。

生きた鮑にバターをのせて、お酒を注いで蒸して食べようとか、巨大な建造物に人を乗せて飛ばそうとか思いついた大胆な人々の恩恵にあずかり、休みを楽しんだ我々は南紀白浜空港にてついに和歌山ら～めんを食べ、紀伊半島を後にした。

## その10　中華が食べたい

### 電話に出んわ

和歌山旅行の最終日にB社のMさんから電話がかかってきたが、翌営業日にこちらからかけることにした。この本の編集を担当してくださるMさんから送られてきたアンケートにまだ回答していなかった。

翌営業日、アンケートを書いていたら電話が鳴った。Mさんからである。

私の書き物についてMさんは「言い切っているところが面白かったです」と言ってくださった。言い切っている？　私は目配り気配りして断定を避けて書いているつもりなのだが……。書いたものを読み返してみると、自分のヘボさを表現したところなどは力強く言い切っていた。なるほど！ザ・ワールド。

さらに、私が「このことを書いていいものか、削るべきか」悩んでいた部分について、肯定的な感想をくださった。それで、その部分を残しておくことにした。

私はお客さんだから当然といえば当然だが、これまでに対応してくれたB社の男性お三方は、私の書き物の内容について好意的な反応を示してくださった。なかのお一方は、異性の生態を垣間見るような面白さがある、そんなふうにおっしゃっていた。ふと、女性の感想も聞いてみたいなと思いついた。シビアな意見が聞けるかもしれない。しかし考えてみれば私には、人の言う通りに書き直そうなどという殊勝な心はないのだから、本が出来上がるまでは「この方向性でいいんじゃないですか」と言ってくれる方々のお世話になっているほうが精神衛生上望ましいだろう。今回、書き物を始めたためにB社の方々とお話ができて興味深かった。ただ私は幼稚園を卒園して以来ずっと（婚活時は例外）身内を除いては同性とばかり話したり遊んだりしていたし、女性がたくさんいる仕事場に行くことが多いせいか、自分の周りに女性が少ないと感じると何となく不安になるようだ。

くだくだしく書いてきた前段は、Mさんに向けた弁明である。4人目の担当者が現れる可能性もあるなと思って、「この後、女性に読んでいただける機会もあるのでしょうか？」と、うかつにも彼に尋ねてしまったのだ。Mさんに対して悪意があったわけではないことがわかっていただけただろうか。余計にご気分を害されたりしていないことを切に願うものである。

## 外部スタッフ選択の自由

たまたまつけていたテレビの競馬番組でインタビューに答えていた武豊さんのお言葉を拝借すれば、「依頼がなければできない」のがフリーランスの校正。ＧＷ前に和歌山に遊び、帰ってきたら仕事の依頼がゼロになった。

もっと必死でこの仕事に食らいついていれば、あと何年かは続けられたかもしれない。最近仕事場に若い方が何人も採用されて、私が呼ばれる日数は微妙に減っていたから、どちらにせよ帰結はあまり変わらなかったかもしれない。

春先から私の咳がひどかったのも、シフトから外された一因か。花粉症対策としてここ数年飲んでいた市販薬を飲んでみたが、更年期のピークを迎えた体に合わなくなったのか、喉の粘膜が癒着したような違和感を覚え、ものを飲み込みづらくなり、寝ている間に息が止まるのではないかと恐ろしくなって、その薬を飲めなくなった。1錠あたりで計算すればお得だからと錠数の多いものを買ってしまったことが悔やまれる。確実にその薬のせいだとは言えないのだが（流行がぶり返していた感染症が原因だった疑いも濃厚である）。健康診断の結果を聞きに行ったついでに内科の先生に相談してみたら、「この前もレントゲン撮ったしねえ」と言われ、漢方薬と咳止めを数日分処方された。薬剤師さんによると咳止めも品薄で、ジェネリックを用意してもらえれば御の字らしい。

Kはときどき不意に激しく咳込む体質で、知らない人がその場面に居合わせると驚いて振り向くくらいだった。なんか私、お父さんみたいだなと思ったが、Kは多くの人にとっては問題にならない、そのへんにいる菌に弱かったらしく、私もそれと同じなら人にうつすことはないからいいか、そのうち治まるかもしれないしとマスク頼みでセカンドオピニオンを先送りにしていた。何が原因でも周りの人は、近くに咳込む人間がいて嬉しくはないだろう。プライベートで人と話していたりして気がそれているときは、不思議とまったく咳が出なかったりもしたのだが。

私は父の美点はあまり受け継いでいなくて、おかしなところばっかり似ている気がする。首と頭をまっすぐキープできないところとか。写真の中の父はいつも頭と体の位置がズレているし（母いわく「ねじれている」）、私は美容室で椅子に座った姿勢を正しく保とうと努めても、カットが終わるまでに何度も何度も美容師さんに頭の傾きを直される。

神様仏様、私のこの書き物のために、この書き物が終わってもまだまだ続く予定の私の人生に、ここでさらにこのようなネタを投下してくださるとは。いつなくなっても仕方がない仕事だと頭ではわかっていたが、実際になくなると心底凹む。「明日から来なくていいよ」と言われるのもつらいが、連絡が来るかも、来ないかも、と落ち着かない日々の果てに、自分で自分に引導を渡すのもしんどいことだ。しかし誰かを恨む筋合いもない。これまでお仕事がいただけていたのが僥倖だったのだ。

失業にまつわるモヤモヤを文章にしてみたらややスッキリしたので、今日は髪を切りに行って、明日は仕事場に置かせてもらっている荷物を引き取りに行こうと思ったら仕事の依頼が来た。2日間の稼働を打診されたが、平日休みの夫と、清原果耶さんが出演する映画を観に行く約束をしていたので、1日は断った。今後、体調を崩して入院するときに「仕事を断った日の分の稼ぎがあれば、差額ベッド代の足しになったのに」と思うか、瀕死の床で「あのとき夫と出かけて、楽しかったな」と思うのか、まあ両方かもしれない。仕事場に持って行こうと思っていた紀州銘菓〝かげろう〟は、ほとんど自分一人でもぐもぐ食べた。夫は口の中の水分を奪われたくないタイプなのだ。

## ○もおだてりゃ木に登る？

夫が勤務先から2年間連続無事故の表彰状をもらってきた。本人の精励恪勤と、幸運のたまものである。

「わぁすごいね！　……でもここ、間違ってるね」

「あっ、本当だ。気が付かなかった」

表彰状に記された夫の名前（苗字でないほう）の漢字が、1文字間違っていた。会社にとって表彰は、その対象となる者の愛社精神を強化する絶好の機会であるのに、残念だ。これではせっかく気分よく木に登ろうとした豚ならぬバスドライバーが、ずっこけてしまうではないか。

今回は名前の2つ目の文字が全く違う文字になっていたのだが、夫がどこかから何かの書類をもらうと、名前の1つ目の文字が似て非なる文字にすり替わっていることも多い。

夫が生まれてこのかた名乗っている姓にも私の旧姓にも、認知度が高い表記バリエーションを持つ漢字が含まれており、どちらも戸籍には画数の多い字が記載されている。通称として仕事場では旧姓を使わせていただいている私は「便宜上、画数の少ない字で書いたり書かれたりしてもかまわない」と考えているが、夫は「どちらでもよい場合は画数の少ない方を使いたい」そうだ。

どんなゲラをチェックするときも私は「何か見落としたり勘違いしたりするかも」とビクついているが、中でも「当組織にご寄付くださった皆様の芳名録」のゲラを原稿と照合するよう頼まれると内心「うひぃ」とのけぞる。寄付した人が芳名録の中にある自分の名前などの表記に誤りを発見したら、心外なことだろう。寄付をお考えになるくらい出来た方、誤字・脱字等の発生が珍しいことではないとご存じの方なら笑って許してくださるかもしれないが、せっかく用意される感謝のしるしであるから、できるだけ間違いのないものに仕上がるようお手伝いしたい。そんなわけで、近視で老眼の校正者を助ける虫眼鏡の出番だ（老眼鏡はもうかけている）。

斎藤さんか齋藤さんか、渡邊さんか渡邉さんか、吉沢さんか芳澤さんか、冨永さんか富永さんか、涼子さんか凉子さんか、辻さんか辻さんか。打ち漏らされたお名前はないか。どういうルールにのっとってお名前が並べられているのか、そのルールに反した部分はないか、そんなようなことに留意しながら、1文字ずつ見比べていく。

芳名録の他にどういった内容のゲラを私が見ているのかというと、イベントや新商品のお知らせ、インタビュー記事、クッキングレシピ、健康法・美容法などで、単行本を担当した経験は少ない。まとまった分量を自分が書いて、プロにチェックしていただくのは初めてだ。自分が書いた文章に対して何らかの指摘が入ったゲラを見た私がどんな反応を示すのか、見ものである。

ちなみに夫はその後「正しく自分の名前が入った表彰状をいただけませんか」と、然るべき筋に2回言上したが、表彰状が再発行される気配はないようだ。

## 集金する

電車のドアのステッカー広告に〝○○の室内楽〟とあった。コンサートのお知らせかと思い、よくよく見ると〝○○の室内墓〟だった。私は樹木葬にしてもらうのもいいなと考えているが、夫の都合もあるし、どうなるかわからない。

町内会の当番が回ってきたので、自分が住んでいる集合住宅の中の数十戸のお宅に回覧板を回したり、町内会費を集めたりした。これがまあけっこう大変なお役目なのである。

まず、どこにどなたがお住まいであるかということについての最新の正確な情報は町内会の本部にもないので、「現況優先で、新規の方の勧誘もお願いします」と言われる。しかし、会員名簿に載っていないお宅に表札があっても、その方が以前からそこにお住まいの非会員なのか、それとも最近越してこられたのか、私にはわからない。前任の方に前年度の状況をお聞きしたりしてなんとか集金先をリストアップしてお知らせの紙を配るが、自分の不注意で非会員のお宅のポストにも入れてしまい、ご迷惑をかけてしまったりして凹んだ。もうベコベコだ。

会員名簿で入退会情報を確認していると、胸塞がる。転出については特に感慨はないが、昭和の時代から引き継がれた名簿であるから、亡くなった方のお名前も少なくないのである。実家が加入している町内会の会員名簿においては、Kの名前に棒を引かれて「死亡」または「ご逝去」などと書き込まれているのだろうか。そして数年後に母がそれを目にするのだろうか。

私は父が他界してからしばらくは、必要最低限の場合を除いて他人の前でその事実を口に出すこともしたくなかった（今はこうして人様に読んでいただくことを想定して書いているのだが）。『ジョジョの奇妙な冒険』に引用されたサッカレーの愛に関する名言を深く心に刻んだ私だが、愛別離苦を超越することなんてできない。

　町内会という組織があることは、町の治安の維持などにも役立っていると私は考える。同時に、いろいろな意見・いろいろな事情がある人々がまとまって何かを行うのは非常に難しいことだとも痛感する。町内会に加入している世帯同士がプライベートな面で助け合えるかというと、少なくとも自分の周囲では、それは現実的にはほぼ不可能な気がする。それなら加入する必要はないと考える向きもあるだろう。老いも若きも忙しいことが多い。世帯員の体調不良や身内の介護などで、町内会の活動に割けるリソースがない世帯は増えていくと思われる（早晩うちもそういう世帯の一つになるだろう）。

　あるお宅に集金に伺った際「当番、大変でしょう？」と聞かれて（ちなみに他の方々からもさまざまなニュアンスで同じような問いかけがあった）、

「恐れ入ります。でもまあ、順番ですからねぇ」と答えたら、

「え〜？　そりゃあそうだけどぉ〜」と返ってきた。

　なごやかに挨拶を交わしておいとました後も、なんかいまいち会話が噛み合ってなかったな？　と考えていたが、不意にひらめいた。先方は「当番の仕事どうよ？　やっぱり大変でしょ？　来年あたりうちに回ってきたら面倒だなあ」という意味で言ったのに、私は自分へ

のねぎらいの言葉だと思い込んで「いやいや、たまたま今年は私がやってるだけなんで」というスタンスで答えてしまっておかしなことになったのでは。「いやホント、思ってたのの百倍大変っスよ！」と答えていれば話は盛り上がったかもしれないが、回り回って後日「○○地区の当番が町内会に不満を持っている」という、うわさが流れるかもしれない。そしてそれがついに役員さんの耳に入り質されたなら……、「ここはこうすればいいと私は思います。あとあれはこうでこうこうで」と言ってしまうかも。〝眠たくっても嫌われても年をとっても〟ひるむことなく自分の意見を表明し、金剛石のごとく毅然として生きてゆくとプリプリも歌っているではないか（私の解釈。〝〟内はプリンセス プリンセスの名曲、「DIAMONDS（ダイアモンド）」より）。と、啖呵《たんか》を切ったところでこの話を締めくくりたかったが、結局何戸かの集金がうまくいかず、「自分のやり方が悪かったかも」とクヨクヨしたのであった。

## 横浜で何食べた？

6月は仕事が入ったし、町内会費の集金をしたり夫と横浜に遊びに行ったりしてほとんど原稿を書き進められなかった。関東に帰って数日経っても「先週は和歌山旅行で夢のようだったなあ」などと漏らし、ハレからケに戻ったことを受け入れがたい様子の夫は間を置かず、都市型循環式ロープウェイ・YOKOHAMA AIR CABINに乗りに行くという近場旅行計画を立てたのだ。

横浜に向かう日は風雨に見舞われ、電車の窓外も夫の態度も荒れている。用事が長引いてしまい直通列車に乗れなかったこと、混んだ電車に乗っていることが（自分たちは座れていても）不快だったらしい。

桜木町駅前に立つホテルのゲストの多くは大きなスーツケースを運んでいて、私の耳には異国の言葉が聞こえてくる。チェックインを済ませ、部屋に荷物を置いてから1階のコンビニに飲み物を買いに行くと、対応してくれた店員さんのルーツは、ここからはるか遠くにありそうだ。と言っても、ずーっとたどっていけば、店員さんと私のルーツは同じなのかもしれないが。

今日の夕食はラーメン屋さんではなく中華料理店で食べたいと夫は言う。「このホテルの最上階に東天紅があるよ」という手堅い私の提案に飽き足らず、中華街でお店を探す意気込みである。外に出てみると雨は上がり、運河パークへ渡るロープウェイは動いているようだ。

午後の曇天の下、人も車も通る橋や海の上空を進むゴンドラの窓から、10年前に我々が泊まった白いヨットの帆の形のホテルと静止した大観覧車・コスモクロック21が並んで見える。

降りた先にある新港ふ頭には青い連節バスや〝あかいくつ〟と書かれたレトロなバスが走り、海上保安庁の消防船〝ひりゅう〟も停泊している。客船ターミナルにホテルや商業施設が併設された横浜ハンマーヘッドにはスイーツもいろいろ売られている。ありあけハーバースタジオの機械で写真を撮り、ハーバーを入れる船の形のパッケージにプリントしてもらった。さっそく荷物を増やして夫に呆れられる。

横濱ハーバーの手提げ袋を2つも持たされた夫の後ろ姿を、ディナークルーズが予約できなかったマリーンルージュとともに写真に収めつつ赤レンガパークを抜け、象の鼻パークを左に開港の道・山下臨港線プロムナードを渡れば、横浜ベイブリッジや氷川丸も望める。

灯ともし頃、紫陽花が美しい山下公園から中華街へ向かう。ライトアップされた朝陽門をくぐり、井之頭五郎さんよろしく今夜の食卓を求めてうろつくが、リサーチ不足および優柔不断で数多あるお店の中から一軒を選ぶことができない。結局「東天紅で食べよう」ということになり、バスで桜木町駅前に戻ってきた。我々はYOKOHAMA AIR CABINの往復券を持っているが、ここは往路の出発点であるから、運河パークまで歩いて戻らねばならない。

ロープウェイと並行して海を渡る汽車道のレールや橋梁は、かつての臨港鉄道の名残だ。左手に見える大型複合施設・クイーンズスクエア横浜の稜線は青く光り、波打つ形が際立っている。行く手にはヨットの帆の形のホテル、そして大観覧車は回っている！

## きらめく夜の乗り物

フューチャリスティックウォーターフロントみなとみらいの遊園地たる、よこはまコスモワールドが誇るデジタル時計つき大観覧車、コスモクロック21。遊園地には無料で入園できるが、観覧車の利用は有料だ。桜木町に着いた時点で観覧車が回っていれば、YOKOHAMA AIR CABINのチケット売り場でお得なセット券を購入したのだが……。滞在中に営業再開されたことをありがたく思って財布を開く。

夜の観覧車はそれ自体も、周りの景色も光り輝いている。手を取り合って我々の1つ前のゴンドラに乗り込んだ若いお二人は、席につくなり密着している。彼らの後ろ姿は程なく上昇して私の視界から消え、我々のゴンドラも夜空へ滑り出す。

観覧車の中心は緑色に染まっている。見下ろせば多車線道路の際につくられた遊園地のスピニングコースターやジェットコースターの軌道は腸のように曲がりくねり、急流すべりのコースもその下にある。

港町と海の向こうに浮かぶ横浜ベイブリッジに重なるように、横浜港側のガラスに高層ビルの明かりが映って、現実にはあり得ない光景が撮れる。高い所にのぼってみると、横浜ランドマークタワーがこのあたりで一番の摩天楼であることが改めてよくわかる。タワーの手前のドックには帆を畳まれた日本丸、海には屋形船がいる。

反対側の窓のはるか下には、トングでつかめそうな橋梁と、箸でつまめそうなロープウェイのゴンドラが。観覧車の中心は白くなっている。ヨットの帆の形のホテル、新港ふ頭、ジェットコースターの軌道が水面に開口した穴ぼこに引き込まれている様子。道行く人々は、傘をさしているようだ。

観覧車を降りて遊園地向かいの横浜ワールドポーターズに駆け込み、連絡通路からロープウェイの出発ゲートへ。ゴンドラの中から夜のみなとみらいを眺めれば、輪郭を得て存在するものと、湾曲したガラスに映る光、雨粒が渾然一体となっていて、昔こんな極彩色の映画を観たような気がする。観覧車のイルミネーションは紅白の餃子を交互に丸く並べたよう。ロープウェイを降りる直前に見たのは、暗がりで鏡面と化したゴンドラの内部に映る、おかしな具合に引き伸ばされた、われわれ夫婦の姿だった。

駅前広場に着くと雨は本降り、ホテルはすぐそこだが少々濡れてしまった。部屋へ戻って傘を広げて干し、夫は横濱ハーバーの袋を置き、私は雨でまだらになったシャツで隠していた二の腕をさらし、最上階へ上がってみると東天紅は10分前にラストオーダーをとっていた。

## 悪態をつく

旅行から帰ると洗濯負債が生じている。それでなくても昨年末から始まった書き物のために髪も眉もぼさぼさ、家事・雑事はことごとく停滞し常に睡眠不足そして体調不良で人付き合いも墓参りもできず、積ん読タワーは増殖する一方。テレビの放送予定のチェックが甘く、楽しみにしている「芸能きわみ堂」を見逃す。仕事に行く前に洗濯・部屋干しして食洗機を稼働してシャワーから出るともう乗るべき電車に間に合わない時刻だ。

「もうダメだっ」と髪を拭いていたタオルを床に叩きつけ「ちくしょうっ!!」とシャウトした。かなり早く起きているのになんで私が遅刻しないといけないのだ。そりゃあ前日ダラダラしていて、ゆとりある朝を迎えないからだ。何が悲しくて私は、お金を払って(〝もらって〟ではない)自分を窮地に追い込むような仕儀に立ち至っているのか。「この世に自分が書いた本があって、誰かがそれを手に取って読んでくれたらいいな」というゾンビドリームを捨てきれなかったからだ。出しなに、その日遅番でまだ家にいた夫に態度の悪さを詫びたが、「……うん」としか返ってこなかった。結局その日はギリギリ遅刻せずに済んだので、キレる必要もなかった。

電動ベッドの縁に腰かけて、サイドフレームにくくりつけた棒の頭に布をかぶせたところをつかんで体を支えながら「ちくしょう」と呟いていたのは、体の自由がきかなくなったKである。

Kの娘はまだ生きている、意識がある、体が動く。ノロノロ運転でも、休み休みでも、時には悪罵の限りを尽くして夫にドン引きされようとも、この道をしぶとく走ってゆかねばならないのだ。

## ダブルレインボーの下で

6月の終わりの日曜日の夕方、バスターミナルで待機しているすいたバスに乗り込むと、前方の席に座った人がこちらを振り向いて窓の外を指さす。虹が出ていることを教えてくれたのだ。

ほとんど車の通らない道路上の横断歩道を渡るときも、私は極力信号を守るようにしている。今日も夫が安全にバスを運行できることを願いながら。愛する人が無事に帰ってきますように。人々がやりとりするものは敵意と砲弾ではなく、思いやりと花々でありますように。

著者プロフィール

**日々野 ボタン**（ひびの ぼたん）

神奈川県生まれ。
校正者歴はトータル20年くらい。



## しぶとく走れ、路線バス

2025年2月15日　初版第1刷発行

著　者　日々野 ボタン
発行者　瓜谷 綱延
発行所　株式会社文芸社
〒160-0022　東京都新宿区新宿1－10－1
電話　03-5369-3060（代表）
03-5369-2299（販売）

印刷所　株式会社フクイン





ISBN978-4-286-25803-4　JASRAC 出2406981－401